BATTLE OF THE BLOCKS 3

FLUCHT AUS DEM ENDE

LIAM O'DONNELL

BATTLE OF THE BLOCKS 3

FLUCHT AUS DEM ENDE

Aus dem Amerikanischen von Annette Mader

h.f.ullmann

Titel der Originalausgabe: *Battle of the Blocks 3: Escape from the End*
ISBN der Originalausgabe: 978-0-9919281-8-7

Cover-Design: Saboten
Umschlag-Layout: Axel Mahé

Übersetzung aus dem Amerikanischen: Annette Mader
Lektorat und Satz: ce redaktionsbüro für digitales publizieren
Redaktion: Franziska Funcke

Gesamtherstellung: Ullmann Medien GmbH, Potsdam

Printed in Germany, 2017

ISBN 978-3-7415-2169-0

10 9 8 7 6 5 4 3 2 1
X IX VIII VII VI V IV III II I

www.ullmannmedien.com
info@ullmannmedien.com
facebook.com/ullmannmedien
twitter.com/ullmannmedien

FSC www.fsc.org
MIX
Papier aus verantwortungsvollen Quellen
FSC® C129466

Kapitel 1

Viel Zeit, die Welt zu retten, hatte Jaina nicht.

Die Polizei wartete in Rektor Whiners Büro. Es würde nicht lange dauern, bis sie sie wieder hereinrufen würden. Sie hatte vorgegeben, auf die Toilette zu müssen. Viel Zeit war damit nicht gewonnen, aber es könnte reichen.

Sie hastete den menschenleeren Flur zur Bibliothek hinunter und wünschte sich, ihr Magen würde aufhören Purzelbäume zu schlagen. Der Unterricht war seit über einer Stunde zu Ende. Sämtliche Schüler und die meisten Lehrer waren nach Hause gegangen.

Die Totenstille auf dem Gang wirkte auch nicht gerade beruhigend – es war wie an dem Tag, an dem alles begonnen hatte. Offensichtlich gestern. Es war erst ein Tag vergangen, seit Jaina und ihre besten Freunde auf dem Seedserver, dieser so unglaublich realen Version von Minecraft, gelandet waren. Seitdem war so viel geschehen, dass sie meinte, es wäre Wochen her. Im Spiel musste die Zeit mit einer anderen Geschwindigkeit vergangen sein, wie etwa bei diesen Zeitreisen im Fernsehen. Wie dem auch sei, ein einziger Tag ihrer Abwesenheit hatte genügt, ihre Mutter in Sorge zu versetzen und die Polizei zu alarmieren. Jetzt, wo Jaina wieder zurück war, war die Polizei gekommen und hatte ihr Fragen über Fragen gestellt. Jede ihrer Antworten hatte weitere Fragen aufgeworfen.

„Du bist also in ein Computerspiel gezogen worden?", fragte der Polizist, als sie ihre Geschichte beendet hatte. Er hatte einen großen, roten Fleck auf seiner Uniform, als hätte er allzu gierig seine Spaghetti gegessen.

„Ja, genauso wie meine Freunde Ant und Hamid und auch Rektor Whiner." Jaina schaute zu ihrem dickbäuchigen Schulleiter, der ihr gegenüber saß. „Sie können ja ihn fragen, wenn Sie mir nicht glauben."

Jaina hatte verschwiegen, dass Whiner sie gejagt und sogar versucht hatte, sie umzubringen. Im Grunde genommen war er während ihrer Gefangenschaft auf dem Seedserver eine ständige Nervensäge gewesen. Mr. Whiner mochte ja hier der Rektor ihrer Schule sein, in Minecraft jedoch hatte er sich eher wie ein Bösewicht aus einem schlechten Film benommen. Wieder in die reale Welt zurückgekehrt, änderte er sein Verhalten abermals. Er saß schweigend in seinem Sessel, schaukelte lässig vor und zurück und betätschelte das Schaumstoffschwert, mit dem überhaupt alles angefangen hatte. Dieses Spielzeug hatte sich auf dem Seedserver ebenfalls verwandelt. Es war zu einem echten Schwert aus Echten Diamanten geworden, und es war nicht das einzige. Es gab vier davon. Durch ihre Energie waren Jaina und ihre Freunde in die Welt von Minecraft gezogen worden. Jaina hatte ihre Kraft genutzt, um alle wieder aus dieser Welt herauszubekommen. Nun ja, fast alle! Hamid war leider noch immer dort gefangen und brauchte dringend ihre Hilfe. Deshalb musste sie jetzt unbedingt zurück in die Bibliothek.

Jaina öffnete die Tür und schlüpfte geräuschlos in die dunkle Bibliothek. Der flackernde Bildschirm eines einzigen Computers tauchte den hinteren Teil der Bibliothek in gruselig grünes Licht. Ohne das Licht anzuschalten, ging sie unter dem in der Decke klaffenden Loch durch. Staubschwaden zogen durch das von oben hereinfallende Sonnenlicht. Das hier war Ants Meisterwerk. Ihr Freund war zwar auch zurück in die reale Welt gekommen, aber weiterhin vom Alphaschleim infiziert. Seitdem er dieses Fluchtloch in das Dach der Schule gesprengt hatte, war er verschwunden. Mr. Rodinaldo hatte das Feuer, das er auf dem Geschichtsteppich entzündet hatte, zwar gelöscht, aber um das Loch in der Decke zu reparieren, brauchte es mehr als nur einen einfachen Feuerlöscher. Jaina hatte nicht den Hauch einer Ahnung, wie sie Ant wieder einfangen könnte.

Sie vertrieb den Gedanken an ihren flüchtigen Freund und bewegte sich eilig auf den blinkenden Computer zu. In wenigen Augenblicken würden noch mehr Polizisten hier eintreffen und sie ziemlich sicher von diesem ganzen Durcheinander weg in die sichere Obhut ihrer Mutter bringen. Bei dem Gedanken, dass ihre Mama sie zärtlich in ihre Arme nehmen würde, wurde ihr ganz warm ums Herz. Am liebsten würde sie weglaufen, sich verstecken und nie wieder einen Computer anfassen. Aber solange Hamid noch in Minecraft gefangen war, würde sie noch einige Zeit am Bildschirm verbringen müssen, und zwar ab sofort!

Jaina setzte sich vor den grün leuchtenden Computer. Er war noch immer mit dem Seedserver verbunden, wie sie an den Worten erkennen konnte, die auf dem Bildschirm leuchteten.

NICHT AUSSCHALTEN! WIR KOMMEN ZURÜCK
NICHT AUSSCHALTEN! WIR KOMMEN ZURÜCK

NICHT AUSSCHALTEN! WIR KOMMEN ZURÜCK
NICHT AUSSCHALTEN! WIR KOMMEN ZURÜCK

Diese Nachricht hatte sie selbst vom Seedserver gesendet. Mithilfe der geheimnisvollen Kraft der Diamantschwerter, die sie in Minecraft hineinbefördert hatte, war auch ihre Nachricht aus dem Server zurück in die reale Welt gelangt. Wenn also Nachrichten auf diesem Weg hierhergelangt waren, konnten sie auch auf demselben Weg zurückgeschickt werden, dachte sich Jaina.

Hastig tippte sie in die Tastatur und sandte ihre Nachricht direkt in den Seedserver. Sie blieb still sitzen und zweifelte daran, dass ihre Worte ihr Ziel erreichen würden.

Die Computer neben ihr begannen plötzlich aufzuleuchten, als seien sie aus einem tiefen Schlaf erwacht. Einer nach dem anderen fuhr hoch. Irgendetwas hatte sie aus dem Standby-Modus geweckt.

Zwei gleißend weiße Quadrate erschienen auf ihrem Bildschirm.

Jaina sprang auf und riss dabei ihren Stuhl um. Sie konnte die weißen Quadrate nicht aus den Augen lassen. Sie wurden größer und größer, bis sie schließlich den ganzen Bildschirm ausfüllten und das Gerät so laut summte, als würden seine Schaltkreise bald überhitzen. Auch auf den anderen Computern in der Bibliothek tauchten die Quadrate jetzt auf. Im ganzen Raum summte es wie in einem Bienenstock.

Plötzlich drängten sich die weißen Vierecke aus den Bildschirmen hervor. Pechschwarze Blöcke traten aus jedem Computer, gefolgt von langen mitternachtsblauen Körpern. Innerhalb von Sekunden sah sich Jaina von Kreaturen umgeben, die sie nie mehr hatte sehen wollen.

„Endermen!", stöhnte sie. Jaina rang nach Luft.

Als die Endermen ihre Stimme vernahmen, drehten sie sich um. Ihre leeren Augen starrten Jaina durchdringend an. Ihre Kälte erstickte Jainas letzte Hoffnungen im Keim. Das waren keine normalen Endermen. Ihre Augen waren anders. Dieses blasse Weiß gehörte zu einer bösen Macht, der sie dienten, die aber nicht hier in ihrer Schule sein sollte. Jaina schreckte zurück. Ein furchtbarer Gedanke schoss durch ihren Kopf.

Herobrines Armee war gekommen.

Kapitel 2

Hamid war auf der Jagd.

Ihm war kalt und er hatte Hunger. Um ihn herum erstreckten sich gelbe Blöcke in alle Richtungen. Eine Landschaft des Nichts ohne Ende. Was für eine Ironie, denn hier war er ja im Ende. Hier war die Endstation, das Ende aller Hoffnungen, und wenn er nicht bald einen Weg aus dieser Ödnis finden würde, auch das Ende von Hamid.

Seitdem er in dieser letzten Minecraftwelt gestrandet war, hatte er schon millionenfach versucht, diese düsteren Gedanken aus seinem Kopf zu vertreiben. Ohne Tag und Nacht, ohne die Sonne, an der er sich hätte orientieren können, war er immer weiter gelaufen. Nichts als gelaufen. Die immerwährende Dämmerung nahm ihm jedes Zeitgefühl. Wie lange lief er nun schon? Stunden? Tage? Oder noch länger? Das wussten nur die endlosen Hügel aus den ewig gleichen, gelben Steinen.

Du wirst hierbleiben, während ich frei umherstreife.

Herobrines letzte Worte spukten ihm noch durch den Kopf. Die ultimative Quelle des Chaos war sehr erfreut gewesen, als seine Endermensoldaten Hamid durch das Endportal aus dem Nether hierhergebracht hatten. Herobrine war seit einer Ewigkeit in dieser trostlosen Welt gefangen gewesen, doch Hamids Ankunft hatte nun alles verändert.

Mein Gefängnis darf nicht leer bleiben. Jemand muss meinen Platz einnehmen. Eigentlich war der Dummkopf Whiner dafür vorgesehen, aber du kannst diese Rolle ebenso gut übernehmen.

Hamid war im Ende gefangen, was Herobrines Fluchtplan in Gang brachte und ihn selbst auf diesen Hügel.

Unter ihm bewegte sich seine Beute ebenfalls weiter. Ein schier endloser schwarzer Strom bahnte sich seinen Weg durch ein enges Tal. Wie ein riesiger Tausendfüßler aus großgewachsenen Gestalten schlängelten sich die Endermen summend aus der Schlucht in eine flache Ebene hinaus. Sie alle marschierten in die gleiche Richtung. Einige liefen, andere teleportierten sich wie Bockspringer immer ein Stückchen vorwärts.

Hamid hatte sie viele Hügel zuvor entdeckt, als er ziellos umhergeirrt war. Er war auf eine niedrige Erhebung geklettert und hatte den Strom der Endermen durch die öde Landschaft bemerkt. Sie summten und knisterten, wie sie es immer taten, aber diese Kreaturen hier waren irgendwie anders. Alle gingen wie Soldaten, die einem Befehl gehorchten, in die gleiche Richtung. Aber das war es nicht, was Hamid beunruhigte. Es waren ihre Augen, die ihm das Blut in den Adern gefrieren ließen. Sie waren nicht violett wie bei normalen Endermen, sondern weiß. Nur ein Monster hatte derart helle Augen. Mehr brauchte Hamid nicht zu wissen, um zu begreifen, dass Herobrine diese Endermen unter seine Kontrolle gebracht hatte.

Es waren so viele dunkle Gestalten, dass es leicht war, sie im Auge zu behalten. Die Schwierigkeit für Hamid lag jedoch darin, selbst nicht entdeckt zu werden. Er lief die Kämme der niedrigen Hügel entlang, folgte den Endermen mit einigem Abstand und vermied es, ihnen in die Augen zu sehen. Ein einziger Blickkontakt würde genügen, und sie wären hinter ihm her wie ein Hund hinter einem Knochen.

Je länger er ihnen folgte, umso drängender fragte er sich, wo sie wohl hin marschierten. Das Flachland ging über in eine Hügellandschaft und wechselte wiederum in eine flache Ebene. Hamid bezweifelte allmählich, jemals herauszufinden, wo ihre Reise hinging. Doch plötzlich, nach Abertausenden von Schritten, kannte er die Antwort.

Die Schlucht vor ihnen öffnete sich zu einem von Hügeln umgebenen, großen Talkessel. An der gegenüberliegenden Seite erhob sich ein Berg aus Endsteinen vor dem Horizont. Auf dem Gipfel thronte ein aus Obsidian gehauenes Bauwerk. Es wirkte wie eine Mischung aus Schloss und Raumschiff. Die Bergkuppe war umgeben von einer Mauer aus mitternachtsblauen Steinen. Hinter ihr ragte ein einzelner Turm aus Obsidian in den Himmel. Die endlose Schlange von Endermen marschierte den Berg hinauf und strömte in dieses dunkle Schloss.

Lautes Summen umgab die Kreaturen und wurde mit jedem Augenblick lauter. Hamid warf sich auf den Boden und hielt sich die Ohren zu. Sein Gehirn schien zu zerspringen. Als die Lautstärke ihren Höhepunkt erreicht hatte, erstrahlte ein helles Licht an der Turmspitze.

Das Licht durchbrach die Dunkelheit, verwandelte das Summen der Endermen in ein wahnsinniges Knistern, erstrahlte in die Höhe und durchbohrte den dunklen Himmel wie eine Lanze.

Wie Mücken trieben Schwärme von kleinen Körpern auf dem Lichtstrahl nach oben. Sie tanzten und taumelten, während sie nach oben schwebten und schließlich nicht mehr zu sehen waren. Während ihres Aufstiegs formten sie sich zu ihrer endgültigen Gestalt.

Ziffern! Es waren viele Ziffern, die sich zu einer langen Zahlenfolge verbanden. Herobrine hatte den Seedgenerator aktiviert, der die langen Startwerte generierte, die für alle Spieler weltweit sämtliche Elemente einer Minecraftwelt bestimmten. Der Seed verfügte über die Energie, eine Welt aus dem Nichts entstehen zu lassen. Jetzt nutzte Herobrine diese Energie, um eine Brücke zwischen dieser Welt aus Blöcken und Hamids echter Welt zu schlagen.

Herobrines Handlanger hatten den Seed aus diesem einzigen Grund gestohlen und ihn von der Oberwelt ins Ende gebracht. Mit dem aktivierten Seed war die Brücke hergestellt. Hamid konnte nur noch entsetzt zuschauen.

Unten im Tal erreichte das Summen der Endermen ein ohrenbetäubendes Niveau, aber Hamid konnte seinen Blick nicht von dem Lichtstrahl wenden, in dem nun etwas anderes nach oben schwebte. Langgliedrige Körper stiegen aufwärts durch den dunklen Himmel. Einer nach dem anderen begann den Aufstieg, bis schließlich ein stetiger Strom weißäugiger Endermen über den Lichtstrahl in die reale Welt entschwebte. Unten im Tal marschierten die Endermen weiterhin wie auf einem Laufband in das Schloss auf dem Berg. Unentwegt drängten sich Minecraftmonster über den Lichtstrahl heraus aus dem Ende. Herobrines Armee hatte sich in Bewegung gesetzt.

Die Invasion der realen Welt hatte begonnen.

Kapitel 3

Weißäugige Endermen bevölkerten die Bibliothek.

Sie entstiegen den Bildschirmen in einem endlosen Strom, teleportierten sich von einer Seite der Bibliothek zur anderen, summten durch die Sachbuchabteilung und schwirrten um die Bilderbuchregale herum. Es schien, als wäre die Bibliothek durch einen Schlauch mit dem Ende verbunden und jemand hätte das Ventil weit aufgedreht. Ein Schwarm langgliedriger, weißäugiger Minecraftmonster ergoss sich in die reale Welt.

Wie ein Schnellfeuer-TNT-Geschütz hämmerte Jainas Herz in ihrer Brust. Sie konnte kaum glauben, was sie hier sah. Aber es geschah wirklich. Minecraftmonster hatten es geschafft, in die reale Welt einzudringen.

Ein Endermen tauchte direkt vor Jaina auf. Sie konnte gerade noch seinem zugreifenden Arm entkommen und sprang auf das Regal mit den Comics. Er versuchte erneut, sie mit seinen langen Händen zu erwischen. Jaina sprang herunter, landete mit einer

Rolle vorwärts auf dem Boden und kam am Bücherausgabepult wieder auf die Beine.

Irgendetwas war eigenartig. Damit jedoch meinte sie nicht die Monsterarmee, die sie gerade angriff. Im Computerspiel sprang sie umher und wich ihren Angreifern aus, aber doch nicht im echten Leben. Letztes Jahr wäre sie in Sport fast durchgefallen, doch auf einmal sprang sie umher wie ein Känguru. Sie schob diese Gedanken von sich und stellte sich den Endermen entgegen, die vor ihr zusammenliefen.

Ein kontinuierliches Summen begleitete die Monster. Ein einzelner Enderman, länger als alle anderen, trat aus der Gruppe hervor. Seine weißen Augen waren fest auf Jaina gerichtet. Er schwirrte nicht so nervös umher wie seine Artgenossen, sondern bewegte sich mit Bedacht und überlegt fort, wie Jaina es bei diesen Kreaturen noch nie beobachtet hatte. Das hier war kein gewöhnlicher Enderman. Er war nicht einfach nur ein namenloses Glied eines summenden Schwarms. Er war mehr.

Das Monster kam auf Jaina zu und streckte seine Arme nach ihr aus. Alle vier Arme! An beiden Seiten seines langen Körpers hingen fast schon spinnenähnlich je zwei Armpaare. Jaina taumelte zurück und versuchte zu begreifen, was sie da gerade sah. Das war keine Kreatur aus Minecraft. Es war etwas anderes, und es stand in der Bibliothek ihrer Schule direkt vor ihr.

Die Umrisse der Bibliothek verschwammen. Jaina konnte nicht mehr klar sehen, alles erschien ihr wie verpixelt. Ein Metalleimer erschien direkt vor ihr. Verräterische blaue Blöckchen schimmerten aus dem Eimer. Wasser! Jaina griff nach ihm und konnte einen Aufschrei nur knapp unterdrücken. Sie hatte keine Hände mehr. Ihr Arm endete in einem blockigen Stumpf. Wie war das möglich? Sie ließ auch diese Frage unbeantwortet und wandte sich ihrem Feind zu. Der Eimer kam ebenso aus Minecraft wie dieser vierarmige Enderfreak, der im Begriff war, sie anzugreifen. Sie schleuderte den Eimer auf das Monster. Es stürzte zu Boden und schrie jämmerlich, als das Wasser seinen Körper traf.

Minecrafteimer gegen Minecraftspinner: 1 : 0

Plötzlich wurde Jaina fortgezogen, weg von dem kreischenden Monster. Die Blöcke verschwanden. Die Realität kehrte zurück, und Mr. Rodinaldos Gesicht tauchte direkt vor ihr auf.

„Komm mit mir!"

Ihr Lehrer zog sie aus der Bibliothek und schlug die Türen zu.

„Sind das Endermen?“ Mr. Rs Mund stand offen.

Jaina nickte. „Wir sollten besser hier verschwinden, bevor das Wasser versiegt.“

Sie liefen den Flur zum Sekretariat zurück. Draußen vor dem Schultor hatte sich eine Menschenmenge versammelt. Gott sei Dank waren es Menschen. Rektor Whiner, Kommissar Spaghetti, ein Typ im Trenchcoat und eine Handvoll Polizisten.

„Wie ich sehe, sind noch mehr Polizisten eingetroffen“, sagte Jaina, als sie um die Ecke hasteten.

„Kommissar Gruber und sein Team“, keuchte Mr. Rodinaldo außer Atem.

Alle drehten sich zu ihnen um, als Jaina und Mr. R. näher kamen. Der Ausdruck der Erleichterung im Gesicht der Polizisten wich schlagartig blankem Entsetzen, als sie sahen, wer hinter ihnen durch die Halle lief.

Jaina riskierte einen Blick über ihre Schulter. Dunkle Gestalten schwärmten aus dem Flur. Dutzende Endermen teleportierten sich summend näher.

Kommissar Spaghetti rieb sich die Augen, weil er nicht glauben konnte, was er sah. Auch der Typ im Trenchcoat hatte seine Augen weit aufgerissen. Rektor Whiner öffnete und schloss seinen Mund wie ein Guppy.

Jaina blieb direkt vor den Männern stehen, die noch immer ungläubig die Meute der herannahenden Computerspielmonster anstarrten.

„Sie müssen Kommissar Gruber sein", wandte sie sich an den Mann im Trenchcoat.

Als er seinen Namen hörte, nickte Gruber, konnte seine Augen aber nicht von den heranstürmenden Monstern lassen. Jaina seufzte.

„Das sind Endermen", flötete sie mit ihrer besten Noobstimme. „Sie sind aus Minecraft und werden in Ihr Gehirn eindringen. Rennen Sie weg!"

Kommissar Gruber blickte sie böse an. „Ich nehme keine Befehle von Kindern an."

„Dieses Mal sollten Sie es aber tun", bemerkte Rektor Whiner. Offensichtlich schien er wieder bei Verstand zu sein, auch wenn er noch so bleich war wie ein Ghast. „Wir müssen die Schule verlassen. Sofort!"

Der vierarmige Enderfreak führte die Endermen immer näher heran. Ein unheimliches Meer aus weißen Augen trieb durch den Flur.

Kommissar Grubers grimmiger Blick bohrte sich in Jaina, als er den Befehl zum Rückzug gab.

Sie rannten los und blieben erst stehen, als sie die Straße vor der Schule überquert hatten. Polizeiautos säumten die Straße und weitere Polizisten standen einsatzbereit herum. Sie waren auf alles vorbereitet, nur nicht auf das, was jetzt geschah.

Endermen strömten aus dem Haupteingang der Schule.

Eine Flut langgliedriger, summender Körper ergoss sich auf den Schulhof und quer über den Kinderspielplatz. Aber sie kamen nicht näher. Sie verteilten sich bis in die letzten Winkel des Schulhofs. Kurz vor dem Zaun hielten sie an und verharrten dort stumm.

„Was tun sie da?", fragte Mr. Rodinaldo.

„Sie warten auf Befehle." Whiners Stimme war kaum mehr als ein Flüstern. „Das habe ich schon einmal gesehen."

Jaina konnte den vierarmigen Enderfreak nicht entdecken, aber sie wusste genau, dass er irgendwo unter ihnen war.

Plötzlich hatte jeder Enderman einen Obsidianblock in der Hand. Wie eine Armee aus Ameisen legten sie alle die Blöcke nebeneinander auf den Boden um das Schulgrundstück herum. Einen nach dem anderen, Block für Block, bis diese Blöcke in einer Reihe das gesamte Schulgelände umsäumten. Die Endermen setzten eine neue Reihe auf die soeben fertiggestellte, dann eine weitere und so fort. Im Rhythmus ihres Summens fügten sie Block auf Block hinzu.

Mit gerunzelter Stirn beobachtete Kommissar Gruber die Endermen. „Was machen sie jetzt?"

„Sie bauen", stöhnte Whiner. „Das ist schlecht. Sehr schlecht!"

Die Obsidianmauer wuchs immer höher. Jaina konnte die Schule schon nicht mehr sehen. Bald umgab die Mauer aus unzerstörbarem Stein das gesamte Schulgrundstück.

Kommissar Gruber verschränkte die Arme und schien nicht besonders beeindruckt. „Und was bauen sie da?"

„Eine Festung", sagte Jaina besorgt. „Sie bereiten sich auf einen Krieg vor!"

Kapitel 4

Hamids Hintern war vollkommen taub.

Das passiert eben, wenn man auf kalten Endsteinen sitzt. Unter ihm schlängelte sich das endlose Band der Endermen durch die Ebene. Es schlängelte sich durch das Tal und schließlich über das flache Gelände. Jeder dieser langen Körper war ein Soldat, der in Hamids Heimat einmarschierte, und er konnte nur hilflos zuschauen.

Er hatte keine Ahnung, wie lange er schon hier oben saß und auf die Talsenke blickte. Eine Stunde? Einen Tag? Oder noch länger? Hier in dieser Welt ohne Sonne war es unmöglich, den Lauf der Zeit richtig einzuschätzen.

Mit Gewissheit wusste er nur, dass die Endermen in Herobrines Schloss liefen, auf dem Lichtstrahl nach oben schwebten und im Himmel verschwanden. Sie wechselten hinüber in die reale Welt. Darüber konnte kein Zweifel bestehen.

Herobrine hatte die Invasion der wirklichen Welt begonnen. Der Strom der Endermen unter ihm war erst der Anfang. Zombies, Creeper und Skelette würden sicher bald folgen. Er konnte sich ausmalen, wie sich das Chaos in seiner Welt ausbreiten würde. Es würde nicht lange dauern, bis es in seiner Nachbarschaft nur so von Minecraftmonstern wimmeln würde. Aber was konnte er dagegen tun?

Je mehr Endermen vorbeiströmten, desto mehr zerstreute sich seine Hoffnung auf ein Entkommen aus dieser Ödnis. Er würde so lange hier gefangen bleiben, bis seine Herzen aufgebraucht waren.

Dann würde alles vorbei sein. Herobrine könnte dann seinen Sieg verkünden und Hamids Freunde und Familie zu Hause terrorisieren. Das Spiel wäre für alle endgültig verloren. Für Hamid war es ja schon verloren. Es machte keinen Sinn mehr, weiter zu kämpfen. Es war aus, für alle.

Eine rasche Bewegung unten im Tal erregte Hamids Aufmerksamkeit. Unruhe machte sich unter den Endermen breit. Der geordnete Strom der auf den Lichtstrahl zustrebenden Monster brach auseinander. Ihr verunsichertes Summen und Knistern drang bis zu Hamids Versteck oberhalb der Talmulde.

Etwas Kleines bewegte sich durch die Schlange der Endermen und verursachte Verwirrung unter den Soldaten, die unsicher ausschwärmten. Vergeblich versuchten einige mit ihren langen Armen nach der flinken Gestalt zu greifen. Das kleine Geschöpf rannte durch die Schlange, fletschte die Zähne und schnappte nach den Endermen. Als die Kreatur schließlich zu bellen begann, keimte wieder Hoffnung in Hamid auf.

„Bones!"

Unten im Tal rannte Jainas verlotterter kleiner Hund wie ein Ritter bei einem Turnier durch die Reihen der Endermen. Mit jedem Angriff unterbrach er den ständigen Strom der Endermen. Die Kreaturen reihten sich schnell wieder ein und der Strom riss nicht ab. Doch der kleine Hund gab nicht auf.

Bones war ebenso einsam und verloren im Ende wie Hamid. Aber das kleine Hündchen saß nicht tatenlos auf einem Stein und bedauerte sich selbst. Es war mitten im Geschehen und zeigte Herobrine, dass der Kampf noch nicht vorbei war. Hamid war beschämt. Wenn Bones noch immer kämpfte, würde Hamid es auch tun. Doch jetzt war er nicht mehr allein.

Er kletterte den Hügel hinunter und lief auf die Endermen zu. Sein Inventar war leer, er hatte den Endermen nur seine Worte und seine unbändige Wut entgegenzusetzen. Von beidem war genug vorhanden.

„Hey, ihr Blockdiebe", rief er ihnen entgegen. „Lasst Bones in Ruhe und vergreift euch an etwas Größerem!"

Einige Endermen drehten sich zu Hamid um. Sie blickten ihn kurz mit ihren weißen Augen an, drehten sich um und liefen weiter. Hamid blieb stehen und rief ihnen weitere Beschimpfungen zu. Wieder wandten sich einige Endermen ihm zu, fixierten ihn kurz, marschierten dann aber unbeirrt weiter auf Herobrines Festung zu.

Sie hatten Hamid einfach ignoriert. Eigentlich war der Blickkontakt mit einem Enderman gleichbedeutend mit dem Beginn eines Kampfes. Offensichtlich hatte Herobrine sie in seiner Gewalt. Wenn er die Invasion stoppen wollte, musste er sich mehr einfallen lassen, als die Truppe nur zu beschimpfen.

Von der anderen Seite wirbelte Bones durch die Soldaten. Sie stoben auseinander, teleportierten sich ein kurzes Stück weg, summten verwirrt und reihten sich schließlich wieder ein. Bones ließ nicht nach, kehrte zur Endermenreihe zurück, attackierte sie erneut und trieb sie noch einmal auseinander. Sekunden später brach er wieder durch. Diesmal wartete Hamid schon auf den kleinen Kerl.

Bones erkannte ihn sofort. In einem Augenblick verwandelte sich sein zorniges Bellen in freudiges Winseln. Er raste auf Hamid zu und leckte ihn von oben bis unten ab.

„Ich freu mich auch, dich zu sehen!“ Hamid lachte und gab dem Hund einen liebevollen Klaps. „Wie bist du denn hierhergekommen? Ist Jaina bei dir?“

Bones bellte weiter, als wollte er Hamid antworten und umkreiste ihn. Mehr Antworten konnte er nicht geben. Aber eines war klar: Der Hund freute sich unbändig, ihn zu sehen. Ohne Vorwarnung rannte Bones in die Richtung, aus der die Endermen kamen, stoppte abrupt, kehrte zu Hamid zurück, bellte und rannte wieder davon.

„Ich soll dir folgen?“ Hamid blickte zu den Endermen, die ihren Marsch stetig fortsetzten. Im Moment konnte er sie nicht aufhalten. Nach ihrer gemeinsamen Zeit im Nether wusste Hamid, dass er Bones vertrauen konnte. Wenn der Hund wollte, dass man ihm folgte, folgte man ihm. Vielleicht würde er ihn zu Jaina und den anderen führen. „Dann lauf vor, alter Freund!“

Bones machte vor Freude einen Luftsprung und trottete dann das Tal entlang, wobei sie sich allmählich von den Endermen entfernten.

Hamid folgte ihm das Tal hinaus und durch die flache Ebene des Ende. Bones wusste genau, wohin er wollte, und lief entschlossen voran. Gelegentlich blieb er stehen, bellte Hamid aufmunternd zu und setzte seinen Weg fort.

„Ich komme ja schon!“, rief Hamid dann. Seine Herzen gingen langsam zur Neige und deshalb wollte er nicht zu schnell laufen. Seitdem er ins Ende gelangt war, hatte er nichts mehr gegessen. Schnelles Laufen und Kämpfen würde zu einem raschen Ende im Ende führen. Er lief nur so schnell wie unbedingt nötig, um Bones nicht aus den Augen zu verlieren.

Der Hund führte ihn zu einem niedrigen Hügel aus Endsteinen. Am Fuße der Erhebung befand sich eine kleine Öffnung, nur drei Blöcke hoch und zwei Blöcke breit. Hamid untersuchte den Eingang.

„Die hat jemand angelegt“, flüsterte er.

Auf seiner Wanderung durchs Ende hatte er bisher noch keinen Hinweis auf andere Spieler gefunden, weder halbfertige Gebäude, Unterschlüpfe oder Türme. Außer Herobrines Festung hatte er nur natürlich entstandene Endsteine gesehen. Bis jetzt!

Bones war bereits hineingelaufen und bellte. Hamid folgte dem Hund, betrat einen engen Tunnel, der tief in den Hügel führte und gelangte schließlich in eine offene Kammer, die von Fackeln erhellt wurde. Hamids Puls raste. Hier war schon jemand vor ihm gewesen.

„Sind sie hier?“, fragte er Bones aufgeregt. „Sind Jaina und Bano gekommen, um mich abzuholen?“

Hamid hatte keine Vorstellung, wie seine Freunde es ins Ende geschafft hatten, aber seine Verzweiflung ließ ihn alles erhoffen, nur um nicht allein zu sein. Bones rannte bellend um eine kleine Holztruhe, die mitten auf dem Boden stand.

Ein Gewirr von Fragen raste Hamid durch den Kopf. Wie hatte der Hund diese Truhe gefunden? Wer hatte sie hergebracht? War es eine Falle? Befand sich vielleicht Nahrung darin?

Er vergaß alle Vorsicht und hechtete auf die Kiste zu, wobei er Bones verscheuchte.

„Tut mir leid, Kleiner." Hamid riss den Deckel auf.

Die Truhe enthielt alles, was sie brauchten. Brot, Werkzeuge und Waffen. Es war zu schön, um wahr zu sein.

„Bones, du bist großartig! Du weißt immer, wo man die guten Sachen findet." Hamid kaute gierig auf einem Brot, während er sprach, und verteilte dabei feuchte Krümel überall. „Wie schaffst du das eigentlich immer? Kannst du das riechen?" Er verschlang das Brot und griff sich ein weiteres Stück. „Bones? Wo bist du?"

Der Hund war in die andere Ecke der Kammer gelaufen. Er drückte sich an die Wand und winselte, als wäre er gerade dabei erwischt worden, wie er auf Hamids Lieblingsschuhen herumkaute.

„Was ist los, Bones?“

Summen erfüllte die Kammer. Aus dem Schatten erschien ein Paar violetter Augen. Bones kauerte sich in die Ecke. Hamid versuchte zu schlucken, aber das Brot schmeckte inzwischen wie Sand.

Die großgewachsene Gestalt eines Enderman trat aus der Dunkelheit.

„Herzlich willkommen.“ Die Worte des Monsters brannten wie ein Migräneanfall in Hamids Kopf.

„Ich habe dich schon erwartet!“

Kapitel 5

Jainas Schule war zu Herobrines Festung geworden.

Angezogen von den blinkenden Polizeilichtern und dem ungewöhnlichen Bauprojekt in ihrer Nachbarschaft, hatte sich eine größere Menschenmenge vor der Schule versammelt. Kurze Zeit später erschien ein Kleinbus des örtlichen Fernsehsenders. Eine Kamera wurde aufgebaut und zeichnete alle Ereignisse auf.

Im Zustand allgemeiner Verwirrung sahen alle den Endermen zu, die die Obsidianmauer Block für Block auftürmten. War das hier vielleicht eine Fernsehshow? Handelte es sich um Schauspieler in Kostümen? Wie konnten sie nur so schnell bauen? So schnell die Baumeister um die Schule herumschwirrten, so schnell verbreiteten sich Fragen über Fragen unter den Zuschauern.

Jaina hatte noch nie gesehen, dass eine Mauer so rasch wachsen konnte. Die Endermen bewegten sich so zügig, als wären sie mit Schnelligkeit verzaubert. Dunkle Gestalten hetzten um die Schule und legten

Blöcke erst neben-, dann übereinander und errichteten so eine immer höher aufragende Mauer. Innerhalb weniger Minuten waren an den vier Ecken des Schulgeländes Gefechtstürme errichtet worden. Festungsmauern verbanden die Ecktürme.

Bei diesem Anblick drehte sich Jaina der Magen um. Es kam ihr alles viel zu bekannt vor. Slashaxs Festung tief unter der Oberwelt. Die Schwarze Festung des Alphaschleims im Nether. Jetzt schien sich Herobrine selbst für einen längeren Aufenthalt hier einzurichten. Er musste aufgehalten werden. Instinktiv schaute sie sich nach Hamid um, bevor ihr einfiel, dass er diesmal nicht an ihrer Seite war. In diesem Kampf war sie auf sich allein gestellt. Sie war zwar umgeben von Erwachsenen, aber wenn es um Minecraft ging, waren die ziemlich ahnungslos. Das galt auch für Kommissar Gruber und sein merkwürdiges Polizeiaufgebot. Sie konnten ihr nicht helfen.

Sie hatte Gruber alles erzählt, nachdem sie aus der Schule geflohen waren. Jaina hatte ihm erklärt, wie sie in das Computerspiel hineingesogen und schließlich mit Rektor Whiner wieder zurück in die Bibliothek gelangt waren. Doch der Kommissar hatte sie mit wachsendem Unglauben angesehen, während sie ihre Erzählung zu Ende führte. Der ungläubige Blick wich nicht aus seinem Gesicht, egal wie oft Whiner ihre Geschichte von machthungrigen Skeletten, ansteckenden Schleimen oder von einem großen, teuflisch bösen Kerl, der aus seinem Computerspiel ausgebrochen ist, um die Erde zu übernehmen, bestätigte.

„Das ist eine nette Geschichte", sagte er, als Jaina geendet hatte.

„Sie glauben uns nicht", seufzte Jaina.

„Ich bin Polizist", brummte er. „Ich glaube an Fakten und nicht an Märchen über sogenannte Monster oder magische Seeds."

Jaina zeigte auf die Endermenarmee, die ihre Schule gerade in eine Festung umwandelte. „Und was sagen Sie dazu?"

„Das ist ein Tatort", erwiderte Gruber. „Wir vermissen noch immer zwei Kinder, während eine Bande von kostümierten Spinnern hier in bisher nicht gekannter Geschwindigkeit ein Bauvorhaben vollführt. Ich weiß zwar noch nicht genau, was das werden soll, aber ich weiß, dass das mein Fall ist. Du kannst jetzt nach Hause gehen. Du hast uns alles erzählt, was wir wissen müssen, Jaina. Deine Mutter ist in einem Polizeifahrzeug gerade auf dem Weg hierher."

Bei der Erwähnung ihrer Mutter setzte Jainas Herz für einen Augenblick aus. Alles, was sie wollte, war, sich in ihre Arme fallen zu lassen und für immer dort zu bleiben.

Mr. Rodinaldo schaute Jaina an, als wäre sie ein kleiner Welpe, der dringend etwas zu essen braucht.

„Vielleicht hat Kommissar Gruber ja Recht", sagte Mr. R.

„Du hast genug getan", fügte Whiner hinzu. „Lass die Polizei die Sache übernehmen."

Jainas ganzer Körper schmerzte. Whiner hatte Recht. Vielleicht sollte sie dieses ganze Chaos tatsächlich den Erwachsenen überlassen. Sie könnte mit ihrer Mutter nach Hause gehen, in ihr Bett kriechen und den Seed, Herobrine und das ganze, blöde Spiel vergessen. Aber der Gedanke, ihre Freunde im Stich zu lassen, verstärkte ihre Schmerzen. Sie konnte den Kampf nicht beenden, nicht, solange Hamid noch gefangen und Ant vom Schleim infiziert und verschwunden war. Fest entschlossen baute sich Jaina vor Gruber auf.

„Ich gehe nicht nach Hause, bevor meine Freunde nicht zurück sind."

Kommissar Gruber seufzte, als hätte er es mit einem ungehorsamen Haustier zu tun.

„Jaina, wir haben es hier mit einer gefährlichen Situation zu tun." Er deutete geistesabwesend auf die

Obsidianfestung, die einst ihre Schule war. Skelettwachen waren inzwischen eingetroffen und patrouillierten mit ihren todbringenden Bögen auf den Festungsmauern. Herobrine verschwendete keine Zeit. „Wir möchten nicht, dass du verletzt wirst. Warte auf deine Mutter und ruh dich aus. Wir wissen schon, was zu tun ist."

„Nein, das wissen Sie nicht", blaffte Jaina. „Ich habe schließlich gegen diese Monster gekämpft, nicht sie!"

„Ich habe mir deine Geschichte angehört, Jaina", zischte Gruber mit zusammengebissenen Zähnen. „Aber das hier ist die Realität. Das ist etwas für Erwachsene."

Er wollte noch etwas hinzufügen, als die Hintertür eines in der Nähe parkenden Polizeibusses aufflog. Auf dem Wagen stand „Mobile Einsatzzentrale". Polizeibeamter Spaghetti streckte seinen Kopf aus der Einsatzzentrale und machte ein Gesicht, als hätte er gerade in eine scharfe Peperoni gebissen.

„K-Kommissar", stammelte er. „Das müssen Sie sich ansehen."

Durch die offene Tür konnte Jaina eine Wand aus Bildschirmen erspähen. Auf den Monitoren erkannte sie ihre Schule, aufgezeichnet aus verschiedenen Blickwinkeln. Einige Polizisten saßen vor den Bildschirmen, andere bewegten sich auf engstem Raum hektisch umher.

Gruber schob Jaina zur Seite und stürmte zum Wagen. „Was gibt es denn, Reiss? Haben Sie die Polizeichefin erreicht? Sie muss über die Situation informiert werden."

Spaghetti zuckte zusammen, als er seinen Namen hörte.

„Chefin Pohl ist beschäftigt, Sir", sagte er leise.

„Beschäftigt?" schnaubte Gruber. „Was kann denn wohl wichtiger sein als die Besetzung einer Schule durch Monster?"

„Alle Schulen sind von Monstern besetzt, Sir." Reiss kletterte aus dem Wagen und zeigte auf die Bildschirme. „Es ist alles in den Nachrichten."

Gruber stapfte in den Wagen. Jaina und die anderen versammelten sich draußen an der Tür und verfolgten die Ereignisse mit stummem Entsetzen.

Die Regionalnachrichten liefen auf dem größten Bildschirm. Die Starreporterin von Kanal 57, Sheena Raine, sprach aus einem Hubschrauber, der hoch über der Stadt kreiste, hektisch in eine Kamera.

„Die Situation ist außer Kontrolle und breitet sich sehr schnell aus." Sheena Raines fast atemlos gesprochene Worte drangen aus den Lautsprechern des Polizeiwagens. „Die Schulen werden von Wesen angegriffen, die man als Aliens bezeichnen könnte."

Die Kamera schwenkte von Sheena weg und richtete sich auf die Stadt. Unten sah man eine weitere Schule, die von einer Obsidianmauer umgeben war. Skelette und Zombies patrouillierten auf den Mauern.

„Das ist die Withrow-Grundschule", sagte Rektor Whiner. „Auf der anderen Seite der Stadt!"

„Herobrine hat auch sie eingenommen", stellte Mr. Rodinaldo erschüttert fest.

„Alles, was da unten passiert, ist sehr real", dröhnte Sheenas Stimme aus den Lautsprechern.

„In der ganzen Stadt West Lake stehen die Schulen unter Belagerung."

Kapitel 6

Hamid erkannte schnell, dass er in eine Falle gelockt worden war.

Der Enderman kam auf ihn zu und fixierte ihn mit seinen violetten Augen. Hamid ließ sein halb aufgegessenes Brot fallen und griff intuitiv nach seinem Schwert, bevor ihm einfiel, dass sein Inventar leer war. Bones winselte jämmerlich in seiner Ecke. Warum knurrte der Wolf den Fremden nicht an? Wo waren das Zähnefletschen und Zubeißen von vorhin? Da stimmte etwas nicht.

Hamid blickte Bones grimmig an.

„Du wusstest, dass dieses Ding hier sein würde, nicht wahr? Darum hast du mich hierhergeführt."

Bones bellte erbarmungswürdig.

„Den Hund trifft keine Schuld."

Die Worte kamen von dem Enderman, surrten aber in Hamids Gehirn, als wären sie seine eigenen Gedanken. Er kannte das schon aus dem Nether, war aber immer noch nicht daran gewöhnt.

„Der Hund wusste, dass ich hier gewartet habe“, sagte der Enderman. „Er wusste auch, dass ich dir nichts tun würde.“

„Natürlich nicht, du wirst mich nur zu Herobrine bringen“, polterte Hamid. „Er wird mir dann was tun.“

„Herobrine braucht dich lebend.“ Die Worte des Enderman drangen von allen Seiten in Hamids Gehirn.

„Na klar, solange ich lebe, kann ich Herobrines Platz hier einnehmen, während er meine Heimat niedertrampelt“, knurrte Hamid.

„Stimmt, du bist der Schlüssel zu Herobrines Flucht, du bist aber auch der Schlüssel zu unserer Freiheit sowie zu deiner eigenen“, erwiderte der Enderman. „Ich brauche deine Hilfe, Hamid.“

Der Enderman kam noch einen Schritt näher. Hamid erstarrte. Die Kreatur hätte ihn ohne weiteres ergreifen können, aber ihre langen Arme hingen bewegungslos an den Seiten herab. Bones schlich mit angelegten Ohren aus seiner Ecke, bellte leise und blickte Hamid mit jenem sanften Welpenblick an, dem Jaina nie hatte widerstehen können. Was auch immer Bones getan hatte, er hätte Hamid nie ins Verderben geschickt. Irgendetwas anderes steckte dahinter. Allmählich begann Hamid zu verstehen, warum Jaina diesem Tier so vertraut hatte.

Der Enderman teleportierte sich zu der Truhe, die in der Mitte der Höhle stand, und zeigte mit seinem langen Arm auf die Nahrung in der Kiste.

„Iss weiter, Hamid", sagte er. „Dann werde ich dir alles erklären."

* * *

Bones legte sich zu Hamids Füßen und fiel in einen Dämmerschlaf, aus dem er immer wieder aufwachte, wenn Hamid ihn hinter den Ohren kraulte.

„Bones hat dich also hier in dieser Höhle gefunden?", fragte Hamid den Enderman.

Er sagte, sein Name sei Zubon, und er schwirrte in der Höhle umher wie eine Motte, die in einem Einmachglas gefangen war. In einem Moment war er vor Hamid, dann verschwand er und erschien am anderen Ende des Raums wieder. Im nächsten Augenblick teleportierte er sich erneut, tauchte aber dann hinter Hamid auf. Hamid gab es auf, die zufälligen Flugrouten Zubons zu verfolgen, und fragte sich, ob Endermen sich jemals hinsetzen.

„Bones war auf der Flucht vor denen, die ihn hierhergebracht haben", sagte Zubon. Seine Worte erschienen Hamid immer noch wie seine eigenen Gedanken.

„Wer hat ihn denn hierhergebracht?“ Hamid drückte seine Nase zärtlich in Bones warmes Fell. „Als ich dich das letzte Mal gesehen habe, hast du Jaina dabei geholfen, Ant von seiner Infektion durch den Alphaschleim zu befreien.“

„Das ist auch das Letzte, an das er sich erinnert. Er sagt, er sei von einem von uns entführt worden.“

Hamid drehte den Kopf, um Zubon anzusehen. „Du sprichst mit dem Hund? Wie ist das möglich?“

„Auf dieselbe Art, mit der ich auch mit dir rede“, erklärte Zubon. „Bones wurde während des Sturmangriffs auf den Alphaschleim von einem Soldaten Herobrines mit ins Ende genommen.“

Die Bilder von der den Alphaschleim angreifenden Endermenarmee tauchten wieder vor Hamid auf. Er sah den endlosen Strom schwarzer Körper, die sich über den Lavasee in die Festung teleportierten. In der Hoffnung, Ant den Seed entreißen zu können, stahlen sie alles, was sie mit ihren langen Armen greifen konnten. Hamid hatte sie dabei beobachtet, wie sie mit Netherblöcken, Witherskeletten und brennenden Lohen aus der Festung zurückgekehrt waren.

„Die Feinde wurden verschleppt und allesamt erledigt, nur dein kleiner Freund war zu schnell für sie und konnte entkommen“, erzählte Zubon.

„Darin ist er wirklich gut." Hamid kraulte Bones wieder zärtlich hinter den Ohren.

„Er folgte seiner Nase und stöberte mich hier auf."

„Und du hast ihn nicht zu Herobrine gebracht?"

„Anders als die weißäugigen Dummköpfe bin ich keiner von Herobrines Sklaven." Zubon schwirrte von einer Ecke der Höhle in die andere und wieder zurück. „Bones war fest entschlossen, diesen Ort zu verlassen und mit seiner Nase einen Ausweg zu erschnüffeln. Er hat die ganze Zeit nach einem Rückweg gesucht. Unbeirrt und unaufhörlich."

Bones stellte seine Ohren beim Klang seines Namens auf. Er öffnete seinen Fang, gähnte ausgiebig und setzte sein Nickerchen fort, zufrieden damit, dass andere über ihn sprachen.

„Er sieht schon fast erholt aus", bemerkte Hamid und wandte sich an Zubon, der in der anderen Ecke der Höhle stand. „Du sagst, du dienst Herobrine nicht. Ich dachte immer, alle Endermen wären Herobrines Soldaten."

„Da hast du falsch gedacht", summte Zubon. „Einige von uns haben sich von seinen Worten nicht umgarnen lassen. Wir fürchten uns nicht vor seinem Zorn. Wir folgen seinen Befehlen nicht und würden ihn am liebsten stoppen. Herobrine gehört nicht ins

Ende.“ Zubon verschwand und erschien am Höhleneingang wieder. „Wir schon.“

„Herobrine ist ein Gefangener hier“, sagte Hamid.

„Er wurde hierhergebracht, um vergessen zu werden. Doch einige der Endermen haben ihn tief unter dem Boden gefunden, seinen Versprechungen geglaubt und sind seinen Worten gefolgt. Sie haben ihm die Mittel besorgt, um aus dieser Welt zu fliehen.“

„Den Seed“, murmelte Hamid.

„Nicht nur den.“ Zubon summte wieder. „Herobrine hat die Festung unseres Meisters oben auf dem Hügel erobert und innerhalb ihrer Mauern seine Fluchtpläne geschmiedet. Als er dann den Seed hatte, konnte er das Portal errichten, das ihn aus dieser Welt führte.“

„Das Portal in meine Welt.“ Hamid erinnerte sich an das schier endlose Band von Endermen, das auf dem Lichtstrahl noch oben glitt. „Jeder Enderman aus diesem Ödland scheint auf dem Weg in die reale Welt zu sein.“

„Nicht jeder Enderman“, erwiderte Zubon. „Herobrine hat sich sehr geschickt in die Köpfe vieler meiner Artgenossen geschlichen, doch nicht in alle. Nicht in meinen und nicht in die meines Clans.“

„Endermen leben in Clans?“, fragte Hamid überrascht.

„Es gibt vieles, was nicht auf euren Webseiten steht."

„Woher kennst du Webseiten?"

„Wir beobachten. Wir sehen und wir wissen." Zubon teleportierte sich in der Höhle umher, tauchte hier und dort auf und verschwand wieder, bevor er direkt neben Hamid innehielt. „Mein Clan hat es abgelehnt, mit Herobrine in den Krieg zu ziehen. Dafür sind wir bestraft worden. Ich bin der einzig verbliebene meiner Brüder. Herobrines Soldaten haben sie alle mitgenommen. Aber sie werden zurückkehren und wir werden Herobrine gemeinsam besiegen. Das weiß ich. Ich habe die Augen aufgehalten und gewartet."

„Gewartet auf wen?"

„Auf dich", summte Zubon.

Hamid seufzte. „Ich hatte befürchtet, dass du das sagst."

Kapitel 7

Eine Schule nach der anderen fiel an Herobrine.

Aus der ganzen Stadt trafen Meldungen im Polizeifunk ein. Im mobilen Einsatzkommando summte es, als wäre es voller Endermen. Polizisten arbeiteten hektisch an ihren Computern und sprachen Befehle in ihre Headsets, um ihre Kollegen anzuweisen, die rund um Jainas Schule Position bezogen hatten.

Der Stadtplan von Lake West wurde auf einer Leinwand angezeigt. Winzige kleine Lichter waren überall auf der Karte verteilt und zeigten die bereits von Herobrine besetzten Schulen an. Minütlich erschienen neue Lichter.

„Withrow, Highland, McPhail, und jetzt hier, North Gray.“ Polizeibeamter Reiss las die Schulnamen vor.

Kommissar Gruber stand daneben und beobachtete alles. Er biss die Zähne mit jedem neuen Namen fester zusammen. Jaina stand mit den anderen an der offenen Hintertür des Polizeibusses.

„Sie besetzen jede Schule!“ jammerte Whiner.

„Nicht jede", erwiderte Mr. Rodinaldo. „Nur einige. Es bildet sich so etwas wie ein Muster."

„Wie meinen Sie das?", fragte Jaina.

Mr. R. sah sich die Namen auf der Karte an.

„Jede dieser Schulen hat einen Minecraftclub", sagte er. „Ich habe ihnen dabei geholfen, ihn einzurichten."

„Das bedeutet, dass sie alle Minecraft auf ihren Computern installiert haben", schloss Jaina.

Kommissar Gruber stieg die Stufen des mobilen Einsatzkommandos herunter. Reiss folgte ihm.

Jaina versperrte ihnen den Weg. „Es sind die Computer", rief sie. „Herobrines Armee kann nur durch die Computer, auf denen Minecraft installiert ist, zu uns gelangen."

„Warte auf deine Mutter, Jaina. Wir haben alles unter Kontrolle." Gruber ging um Jaina herum.

„Nein, haben Sie nicht!", schrie Jaina. „Sie haben keine Ahnung, was hier wirklich geschieht."

Gruber blieb stehen und drehte sich zu Jaina um.

„Bleib ruhig, Jaina", flüsterte Mr. Rodinaldo.

Jaina sprach schnell. „Wenn wir die Schulcomputer herunterfahren, können wir noch verhindern, dass sich die Invasion auf weitere Schulen ausbreitet."

„Das reicht", knurrte Gruber. „Schluss jetzt! Ich möchte nichts mehr über Monster aus Computerspielen oder angebliche Möchtegern-Bösewichte hören."

Er deutete auf die Skelette und Endermen, die auf der Mauer Spalier standen, die nun die Schule umgab. „Das sind keine Figuren aus einem Computerspiel. Das ist eine Bande Verrückter in dämlichen Kostümen. Ich weiß nicht, was sie vorhaben und warum sie hier sind. Aber eines weiß ich genau: Sie stammen bestimmt nicht aus eurem dämlichen Computersp ..."

Ein Enderman schwebte von der Mauer, grabschte sich Gruber und verschwand mit ihm. Der Kommissar war weg, bevor er seinen Satz beenden konnte. Reiss starrte auf die leere Stelle, an der sein Chef noch vor einer Sekunde gestanden hatte.

„W-wo ist er denn hin?"

Er hatte kaum ausgesprochen, da rauschte ein weiterer Enderman heran, griff sich Reiss und nahm den Polizeibeamten mit sich.

Großes Geschrei brach weiter unten auf der Straße aus, als nach und nach weitere Polizisten von heranschwebenden Endermen weggebracht wurden.

„Es geht los", sagte Jaina. „Herobrine greift an."

„Nicht schon wieder", jammerte Whiner.

„Wir sollten von hier verschwinden", schlug Mr. R. vor.

Panik breitete sich in der Menge aus. Die Schaulustigen stoben in alle Richtungen davon und schrien erbärmlich, als sie von den sich teleportierenden Endermen ergriffen wurden. Einige Polizisten verharrten tapfer an Ort und Stelle, während andere um ihr Leben rannten. Aber sie kamen nicht weit, denn allzu schnell sahen sie sich einem Monster gegenüber, das bereits auf sie wartete.

Jaina lief hinter das mobile Einsatzkommando auf die Polizeiabsperrung zu. Whiner und Mr. R. folgten ihr. Mit etwas Glück würden sie sich aus der Menge lösen und etwas Zeit gewinnen, um sich über die nächsten Schritte Gedanken machen zu können.

Doch sie hatten kein Glück.

Drei weißäugige Endermen tauchten vor ihnen auf und versperrten ihnen den Fluchtweg. Gleichzeitig und schlitternd kamen Jaina, Mr. R und Whiner zum Stehen. Die Endermen blickten sie starr an und streckten ihre langen Arme aus, um sie anzugreifen.

„Sie haben ja vier Arme." Mr. Rodinaldo schnappte nach Luft.

„Wieso haben die vier Arme?", kreischte Whiner. „Das ist doch nicht richtig, oder?"

„Das ist leider sehr falsch", krächzte Jaina. Ihr Gehirn stand irgendwie in Flammen. Ihr Blick wurde unscharf und sie versuchte verzweifelt, die heranschwirrenden Enderfreaks klar zu erkennen.

Rektor Whiner schrie, doch es blieb nur ein dunkler Fleck neben Jaina zurück, nachdem der lange Arm eines Enderman Whiner packte und beide verschwanden. Mr. Rodinaldo versuchte wegzulaufen, aber für den teleportierenden Enderfreak war es ein Leichtes, sich ihren Lehrer zu schnappen und sich mit ihm in Nichts aufzulösen. Jaina stand plötzlich allein da.

Der dritte, verbliebene Enderman kam auf sie zu und streckte seine vier Arme nach ihr aus. Für einen kurzen Augenblick verschwamm die Welt um sie herum. Alles war plötzlich blockig. Die Bäume schienen aus Schachteln entstanden zu sein. Die Polizeiautos waren kantig und hatten viereckige Reifen. Die ganze Straße hatte sich in Minecraft verwandelt.

Als der Enderman sie angriff, erschien ein Eisenschwert in ihrer Hand. Jaina schlug zu. Das Monster heulte laut auf, als die Klinge in seinen Arm drang, und stürzte nach hinten. Die Blöcke um sie herum rundeten sich wieder zur Wirklichkeit.

Als sie die Straße herunterrannte, schossen ihr haufenweise Fragen durch den Kopf. Woher war das Schwert gekommen? Warum hatte sich alles auf einmal verwandelt? Was geschah mit ihr?

Zwei Polizeiwagen blockierten die Straße. Die Endermen sammelten die verwirrten Polizisten nacheinander auf. Wenn sie weiterliefe, wäre sie die Nächste.

Jaina bog von der Straße ab und lief in einen kleinen Park, der zwischen zwei großen Häusern eingebettet war. Es war nicht wirklich ein Park. Häuser umgaben drei Seiten der winzigen Grünanlage, die gerade einmal genug Platz für eine abgeblätterte, kleine Holzbank und ein leeres Wasserbecken bot. Es gab keinen anderen Ausgang. Sie musste sich hier irgendwo verstecken. Wahrscheinlich würden die Endermen sie hier finden, aber sie war so verstört, dass sie keinen klaren Gedanken mehr fassen konnte.

In einer Ecke des Parks entdeckte sie einen kleinen von Weinreben umrankten Schuppen in der Größe eines Gartenhäuschens. Sie lief darauf zu, blieb aber nur eine Armlänge vor dem Schuppen stehen. Die Eisentür stand offen und schwang in ihren Scharnieren hin und her. Offensichtlich war sie gewaltsam aufgebrochen worden. Jaina zögerte vor der Tür. Wer immer es auch gewesen sein mochte, er musste sehr kräftig und sehr wütend gewesen sein und könnte noch immer in der Hütte sein.

Die dunkle Gestalt eines Enderman erschien am Rande des Parks. Seine weißen, fahlen Augen suchten die Straße nach weiteren Opfern ab. Es würde nur eine Sekunde dauern, und das Monster hätte sie entdeckt. Sie hatte keine Wahl. Sie tauchte in die Dunkelheit des Schuppens ein und versuchte, die Tür hinter sich zu schließen. Die eisernen Scharniere quietschten laut, ließen sich aber kaum bewegen. Jaina erstarrte.

Der Enderman hatte das Geräusch gehört und näherte sich mit kurzen Hopsern der Hütte. Mitten in dem leeren Wasserbecken blieb er stehen.

Jainas Herz schlug wie eine Trommel. Sie zog sich vom Eingang zurück und ging tiefer in die Hütte. Wo sollte sie hin? Dicke Metallrohre verliefen über dem Boden. Das hier musste die Versorgungsanlage für das Becken sein. Sie überlegte, das Wasser aufzudrehen und so das Becken volllaufen zu lassen. Das würde den Enderman erledigen. Aber das Monster hatte das Becken schon verlassen, stand nun auf der Bank und suchte zwischen den Büschen nach ihr.

Ein Kanalschacht nahm den meisten Platz auf dem Boden der Hütte ein. Wie die Eingangstür war der Deckel zum Schacht mit viel Kraft entfernt worden. Er lehnte an einer Wand, als sei er dorthin geworfen worden. Jaina konnte den Boden des dunklen Schachts nicht erkennen.

Die Luft draußen vor dem Schuppen begann zu knistern. Zwei weiße Augen starrten durch die offene Tür. Lange Arme schoben sich in die Hütte.

Jaina sprang in die Dunkelheit.

Kapitel 8

Mit einem Enderman zu reisen, war schon recht seltsam.

Zubon teleportierte sich voran, drehte sich um, wartete auf Hamid und Bones, bis beide aufgeschlossen hatten, teleportierte sich wieder ein Stück nach vorn und wartete.

„Kannst du uns nicht teleportieren, wie du es auch mit Blöcken machst?“, fragte Hamid.

„Ihr seid viel schwerer als ein Block. Ich wäre schnell erschöpft und könnte mich gar nicht mehr bewegen. So sind wir schneller.“

Hamid zuckte mit den Schultern. „Wenn du das sagst.“

Mit diesem Endermen konnte man nicht diskutieren. Das hatte er in der Höhle schon feststellen müssen. Zubon mochte zwar auf Hamid gewartet haben, aber er sagte nicht, warum. Er sagte kein Wort darüber, woher er wusste, das seine verlorenen Brüder sich aus Herobrines Fängen befreien und zurückkehren würden. Er hatte Hamid auch nicht gesagt, wohin die Reise eigentlich ging. Jedes Mal, wenn Hamid danach fragte, bekam er die gleiche Antwort.

„Folge mir, dann wirst du es schon sehen."

Irgendwann gab Hamid das Fragen auf. Er lief nur hinterher und würde es schon sehen. Aber das bedeutete nicht, dass da nicht noch andere Fragen waren.

„Lass es mich verstehen", beharrte Hamid, als er Zubon eingeholt hatte, der geduldig am Fuß eines der vielen Hügel auf sie wartete. „Endermen leben also in Gruppen, wie in einer Art Familie?"

„Genau." Zubon schwebte den Hügel hinauf und blieb dort stehen. „Unsere Stämme kommen normalerweise gut miteinander aus. Es gibt schon mal kleinere Streitereien, aber normalerweise leben alle friedlich miteinander."

„Bis Herobrine gefunden wurde?" Hamid kletterte zu Zubon auf den Hügel. Bones lief im Zickzack hinter ihm her. Der Hund hatte seine Nase ständig am Boden und beschnüffelte alles sorgfältig, während er Hamid folgte.

„Die Entdeckung von Herobrines Gefängnis tief im Untergrund löste heftige Streitereien zwischen den Stämmen aus." Zubons Worte knisterten, als er sprach. „Einige wollten ihn von seinen Fesseln befreien, andere wie wir zum Beispiel wussten, dass er aus gutem Grund eingekerkert worden war und es besser wäre, dies dabei zu belassen."

„Wieso konnte jemand glauben, es sei eine gute Idee, Herobrine zu befreien?", fragte Hamid.

„Er ist ein Meister der Manipulation", sagte Zubon. „Seine Worte können andere dazu bringen, nach seiner Pfeife zu tanzen. Viele Endermen kennen ihre Vergangenheit nicht mehr. Die älteren hatten von Herobrine gehört und wussten, wie gefährlich er war. Aber seine Versprechen verdrehten den jüngeren Clanmitgliedern den Kopf. Herobrine machte Versprechungen und sagte ihnen, was sie hören wollten."

„Und was wollten sie hören?"

„Dass sie mehr verdienten und vom Meister schlecht behandelt würden."

„Vom Meister?"

„Du kennst ihn unter dem Namen Enderdrache. Uns hat er immer beschützt."

Die Erwähnung des stärksten Monsters dieses Reiches ließ Hamid das Blut in den Adern gefrieren.

„Der Enderdrache ist euer Beschützer?"

„*War* unser Beschützer. Herobrine hat dafür gesorgt, dass der Meister uns nicht mehr helfen kann."

Zubon verschwand in dem Augenblick, in dem Hamid ihn eingeholt hatte. Wenig später erschien er wieder auf der Kuppe des Hügels.

„Wie hat er das gemacht?“ Hamid setzte den Aufstieg fort. Bones bellte aufmunternd und tollte um ihn herum.

„Herobrine überredete die anderen Stämme zur Rebellion. Sie marschierten zum Haus des Meisters und griffen es an.“

„Das Haus des Enderdrachens?“ Hamid hatte den Hügel erklommen. „Wo ist es?“

Zubon deutete mit einem langen Arm auf den Horizont. „Dort.“

Ein vertrauter Anblick erstreckte sich unter ihnen. Die umliegenden Hügel fielen zu der Talsenke ab, in der er Bones wiedergefunden hatte. Auf der anderen Seite schnitt der Obsidianturm in den Himmel. Der Lichtstrahl bohrte sich noch immer seinen Weg aus dem Ende. Dunkle Körper glitten auf dem Licht empor. Der Strom der Endermen in die wirkliche Welt hatte noch nicht nachgelassen.

„Herobrines Turm“, sagte Hamid.

„Falsch“, widersprach Zubon. „Dieser Turm gehört dem Enderdrachen. Herobrine hat die Clans überredet, den Enderdrachen von seinem Schloss wegzulocken und ihn gefangen zu nehmen. Unser Meister ist immer noch gefangen, aber ich weiß nicht, wo."

„Was hat dein Clan getan?"

Zubon sackte in sich zusammen. „Ich muss zu meiner Schande gestehen, dass mein Stamm sich versteckt hat. Wir waren zu feige, um uns gegen die anderen Clans und Herobrine aufzulehnen. Wir haben den Preis dafür bezahlt. Der Enderdrache wurde überlistet. Herobrines Soldaten haben meine Brüder, einen nach dem anderen, einfach wie Blöcke mitgenommen."

„Jetzt bist nur noch du übrig geblieben." Hamid beobachtete, wie die Schlange aus Endermen weiter in Herobrines Burg marschierte. Er hatte bisher geglaubt, diese merkwürdigen, summenden Monster wären alle gleich. Jatzt aber, als er sah, wie Zubon traurig über das Tal blickte, wusste er, dass er sich geirrt hatte. Wie die Schweinezombies im Nether oder die Dorfbewohner in der Oberwelt waren alle Geschöpfe auf diesem Server einzigartig, und alle hatten es verdient, von Herobrine und seinem Chaos befreit zu werden.

„Noch haben wir eine Chance, meinen Clan zu finden. Deshalb habe ich dich hierhergebracht." Zubon zeigte auf das Schloss. „Sieh dir mal die Ecktürme auf den Festungsmauern an. Herobrine hat einige Anbauten hinzugefügt, seitdem er es übernommen hat."

An jeder der vier Ecken der Burgmauer stand ein kleinerer Turm. Etwas aus Eisen und Glas war oben hinzugefügt worden. Als Hamid das letzte Mal über die Talsenke auf die Festung geblickt hatte, hatte er die Anbauten nicht bemerkt. Jetzt aber waren sie kaum zu übersehen. Eisen und Glas ganz oben auf den Wehrtürmen bildeten eine Art Würfel. Aus einem der Würfel schien ein schmales, hell leuchtendes weißes Licht. Es vereinigte sich mit dem großen Lichtsignal, das aus dem größten, zentralen Turm strahlte.

Hamid kratzte sich unsicher am Kopf. „Dieses Licht war vorher noch nicht da."

„Herobrine verstärkt die Leuchtkraft des Seeds", sagte Zubon. „Jeder dieser kleineren Türme soll dem Strahl des Seeds weitere Energie hinzufügen. Sobald alle Türme gleichzeitig leuchten, wird der Strahl voll aufgeladen und Herobrines Plan vollendet sein. Er wird diese Welt verlassen und eure betreten können."

„Der Seed allein ist nicht stark genug?", fragte Hamid. „Ich dachte immer, so lange ich hier gefangen bin, könnte Herobrine das Ende verlassen."

„Das schon", erwiderte Zubon. „Aber die Tatsache, dass du hier bist, und der Seed ermöglichen ihm nur, in den Nether und in die Oberwelt zu reisen."

„Aber er will den Seedserver verlassen und in meine Welt eindringen."

„Genau!", summte Zubon. „Aber dazu benötigt er die zusätzliche Energie, die durch die kleineren Türme fließt."

„Woher bekommt er diese zusätzliche Energie?"

„Von dort."

Zubon zeigte auf den Lichtstrahl, der aus dem Hauptturm austrat. Der Strom der aufstrebenden Endermen floss weiter, aber ein zweites Band voller Endermen war hinzugekommen und schlängelte sich abwärts, in die entgegengesetzte Richtung, vom Himmel zum Schloss hinunter. Ein steter Strom langarmiger Monster fiel sanft vom Himmel und sie waren nicht allein.

„Sie tragen Leute mit sich!" Hamid rang nach Luft.

Jeder dieser heruntergleitenden Enderman hatte eine Person auf den Armen, als trüge er einfach einen Block mit sich. Diese Personen waren starr wie Statuen. Der Strom der beladenen Endermen verschwand in Herobrines Festung. Ihre Gefangenen sahen nicht aus wie Kreaturen aus Minecraft. Viele von ihnen trugen die gleichen dunkelblauen Uniformen.

„Die sehen ja aus wie Polizisten", staunte Hamid. „Wo findet Herobrine Polizisten, die er stehlen kann?"

„Nicht einmal in der Oberwelt gibt es Polizisten", bemerkte Zubon.

„In meiner Welt schon." In Hamids Kopf überschlug sich alles. „Herobrine holt sich Menschen aus meiner Welt und bringt sie hierher."

Bones bellte verstört auf, als stünde sein Fell in Flammen. Er legte seine Ohren an und blickte starr auf den Fuß des Hügels.

Eine Reihe weißer Augen glühte im Dämmerlicht.

„Sie haben uns entdeckt", flüsterte Zubon. Weitere Endermen umstellten den Hügel und versperrten jeden Fluchtweg. „Wir müssen hier weg."

„Du hast leicht reden, ich kann mich nicht einfach wegteleportieren wie du."

Zubon streckte seine langen Arme Hamid entgegen. „Ich kann einen von euch mitnehmen, aber ich kann nur einen tragen."

Die Endermen teleportierten sich näher, waren jetzt schon halb auf dem Hügel. Ein weiterer Sprung, und sie wären bei ihnen. Bones sprang aufgeregt vor und zurück und knurrte die herannahenden Monster wütend an. Allein hätte der kleine Hund keine Chance.

„Ich werde Bones nicht allein lassen." Hamid zog das Eisenschwert, das er in Zubons Truhe gefunden hatte.

„Dann bleibe ich auch hier“, sagte Zubon. „Wir kämpfen!“

In einem Kreis hatten die Endermen den Hügel auf halber Höhe umzingelt. Sie summten und knisterten, griffen aber nicht an. Schließlich öffnete sich der Kreis, ein Neuankömmling trat hervor und begab sich auf den Weg zu ihnen herauf. Plötzlich bereute Hamid, Zubons Angebot ausgeschlagen zu haben.

Ein Enderman, um einiges größer als alle anderen, schritt auf sie zu. Seine strahlend weißen Augen fixierten Hamid. Die Kreatur streckte seine langen Arme, seine vier langen Arme, nach ihm aus.

Hamids Schwert verrutschte gefährlich in seiner Hand. „W-was ist das …?“

„Ich weiß es nicht“, antwortete Zubon unsicher. Von seiner anfänglichen Angriffslust war nicht mehr viel zu spüren.

Die sie umzingelnden Endermen zerstoben mit einem unheilvollen Zischen. Eine halbe Sekunde später erschienen sie auf dem Gipfel des Hügels wieder. Eine Wand aus weißen Augen und langen Armen kreiste sie ein.

Bones griff als erster an. Der Hund machte einen Satz auf die am nächsten stehenden Endermen. Sie stoben vor dem zuschnappenden Hund auseinander.

Hamids Panik verflüchtigte sich ein wenig, da er den Hund an seiner Seite wusste. Kein Wunder, dass Jaina sich mit ihm angefreundet hatte. Er wandte sich dem über ihm drohenden, vierarmigen Monster zu. So etwas war ihm noch nicht begegnet. Es sah aus wie eine Mischung aus Enderman und Spinne. War das wieder eine aus den Tiefen der Vergangenheit des Seedservers ausgegrabene Monsterbrut irgendeiner Alphaversion?

Die Kreatur schwenkte seine gewaltigen Arme um sich herum. Den ersten trennte Hamid mit seinem Schwert ab, dem zweiten, der über ihm drohte, wich er geschickt aus. Aber dem dritten konnte er nicht mehr ausweichen. Er wurde in die Luft katapultiert, stürzte zurück und krachte schmerzhaft mit einem entsetzlichen Knirschen auf den Boden. Die Herzen in seinem unteren Blickfeld blinkten bei dem Aufprall auf und verschwanden. Es waren nur noch zwei Herzen geblieben. Nur ein einziger Schlag dieses Spiderman hatte ihn fast seine gesamte Gesundheit gekostet. Ein weiterer Hieb würde ganz sicher sein Ende bedeuten. Hamids Bewusstsein begann sich zu trüben. Die bedrohlich weißen Augen verschwammen jetzt in einem bunten Farbenspiel. Durch seine Verwirrung hindurch hörte er Bones vor Qualen jaulen. Hamid quälte sich auf die Füße, lief auf das Gejaule zu, schwang seine Klinge durch die Luft und trieb die Endermen wild schimpfend zurück. Nur ein paar Schritte neben ihm trat Zubon mit sämtlichen Gliedmaßen nach seinen Widersachern. Er kämpfte so geschickt wie ein Kung-Fu-Meister. Mit einer Kombination verschiedener schneller Tritte brach er die Reihen seiner Gegner auseinander und eilte Hamid zur Seite.

Die zurückgeworfenen Monster gruppierten sich neu. Der vierarmige Enderman trieb sie erneut mit sirrenden Schreien, die Hamid durch Mark und Bein gingen, an. Blitzschnell war der Hügel wieder von weißäugigen, siegeslüsternen Monstern umstellt.

Rücken an Rücken mit seinen Verbündeten bereitete sich Hamid auf den nächsten Angriff vor, wahrscheinlich sein letztes Gefecht. Wenn auf diese Art seine Zeit auf dem Server zu Ende gehen würde, dann sollte es eben so sein. Hamid war bereit. Er war quer durch das ganze Land gelaufen, hatte die Unterwelt erforscht und den Nether durchkreuzt. Nach all dem würde er nicht mehr nach Hause zurückkehren, er würde eben hier im Ende durch die Hand von Herobrines Soldaten sterben. Mit festem Griff umklammerte Hamid sein Schwert. Er wollte kämpfend untergehen. Die Endermen brachen wie eine Einheit los. Ihre langen Arme schwenkten schnell wie Blitze nach Hamid und seiner kleinen, tapferen Gruppe.

Bevor sie mit den ersten Endermen zusammenprallten, wurden sie von einer Explosion blauen Lichts eingehüllt. Panische Schreie der Endermen erfüllten die Luft. Dann war da nur noch Stille. Hamids Schädel brummte, als sei er mit einer Bratpfanne zusammengetroffen. In seinem Inventar blinkte nur noch ein einziges Herz. Er lebte noch. Von den Endermen um ihn herum war nichts mehr zu sehen. Hatten sie sich gemeinsam wegteleportiert? Zubon stand immer noch an Hamids Seite. Irgendwo hinter ihm traf das Bellen eines Hundes auf lautes Lachen.

„Bones! Wie schön, dich wiederzusehen."

Hamid Verstand wurde wieder klarer, aber er konnte nicht glauben was er sah. Bones bellte wie verrückt und umkreiste freudig zwei Neuankömmlinge oben auf dem Hügel. Die beiden lachten über den völlig durchgedrehten kleinen Hund.

„Phisagrim? Bist du das?", stotterte Hamid.

Der violettgesichtige Kerl schaute von Bones auf. Neben ihm stand ein rothaariger Dorfbewohner und hielt eine Kiste mit blau blinkenden Lichtern in den Händen. Bano sah in Hamids völlig verwirrte Gesichtszüge und grinste breit.

„Grüß dich, Hamid!“ Der Dorfbewohner hüpfte vor Begeisterung auf und ab.

„Siehst du, Phisa, ich hab dir doch gesagt, wir würden sie finden.“

Kapitel 9

Mit einem platschenden Geräusch sprang Jaina von der Leiter, die aus dem Schacht nach oben in den Schuppen führte, und drückte sich gegen die kalte, feuchte Wand. Völlig geräuschlos verharrte sie in der Dunkelheit.

Polizeisirenen und laute Schreie drangen zu ihr in ihr Versteck in der Tiefe. Das Chaos draußen wurde immer lauter, und die Endermen schleppten mehr und mehr Opfer davon. Jaina konnte das Summen ihres Verfolgers oben in der Hütte deutlich vernehmen. Hoffentlich würde der blöde Blockdieb nicht auf die Idee kommen, im Schacht nach ihr zu suchen. Sie wagte nicht, sich zu rühren.

Es dauerte eine kleine Ewigkeit, bis das Summen endlich verstummte. Hatte der Enderman eine leichtere Beute entdeckt?

Jaina wartete, bis sich ihre Augen an die Dunkelheit gewöhnt hatten, und trat von der Wand zurück. Sie befand sich in einem Tunnel mit Betonwänden.

Wasser floss in einem kleinen Bach über den Boden in die Dunkelheit. Die Luft war feucht und kühl. Sie linste den Schacht hinauf zum matten Licht. Verglichen mit ihrem finsteren Loch sah das von oben einfallende Licht so viel einladender aus. Aber dort oben wimmelte es von Herobrines Soldaten und deshalb schien es ratsamer und sicherer, erst einmal hier unten in dem nasskalten Tunnel zu bleiben.

Jaina versuchte, sich zu orientieren. Der Tunnel verlief unter der Straße entlang. Sie musste in einem Regenwasserkanal sein. Auf dem Schulhof ihrer Schule gab es einen Kanaldeckel in diesen unterirdischen Kanal. Als sie klein war, hatte sie immer Stöckchen und Blätter in die kleinen Rinnsale aus Regen oder Schmelzwasser geworfen. Sie hatte immer gern beobachtet, wie sie durch die Öffnungen segelten, als würden sie einen riesigen Wasserfall hinunterstürzen und auf eine Reise voller großartiger Abenteuer gehen. Sie musste lachen. Auch sie erlebte gerade definitiv ein Abenteuer, nur dass sie es nicht als großartig bezeichnen würde. Schrecklich und anstrengend wären die passenderen Worte.

Jaina ließ sich gegen die Tunnelwand fallen. Allmählich verließen sie all ihre Kräfte. Es war alles so furchtbar. Hamid und Ant waren verschwunden.

Mr. Rodinaldo und Rektor Whiner waren verschleppt worden. Sogar der knallharte Kommissar Gruber hatte den vierarmigen Enderfreaks nichts entgegenzusetzen gehabt. Jaina war allein und viel zu müde, um weiter zu kämpfen. Die Kälte der Betonwand kroch ihr in den Rücken. Herobrine hatte gewonnen. Vermutlich saß er gerade lauthals lachend in der Schulbibliothek über ihr.

Jaina stieß sich von der Wand ab. Der kleine Wasserlauf zu ihren Füßen wand sich durch den Tunnel. Sie blickte dem Wasser nach. Der Weg führte zurück zur Schule und zum Kanaldeckel auf dem Schulhof. Wenn sie durch die Gitter des Kanaldeckels klettern könnte, wäre sie innerhalb der Obsidianmauern. Von dort könnte sie sich in die Schule schleichen und die Schulcomputer herunterfahren. Damit könnte sie Herobrines Invasion bremsen, was allemal besser war, als sich hier unten ängstlich zu verstecken.

Jaina holte tief Luft, verabschiedete sich von dem kleinen Kegel Tageslicht über ihr und stapfte stromaufwärts in die Finsternis.

Langsam und vorsichtig schlich sie durch den Tunnel. In der Dunkelheit konnte sie kaum abschätzen, wie weit sie schon vorangekommen war. Von Schritt zu Schritt wuchsen ihre Zweifel. Ihre Schule war zu

Herobrines Festung geworden, sie aber ging direkt hinein und bat förmlich darum, gefangengenommen zu werden.

Sie war kurz davor umzukehren, als sie plötzlich das einfallende Licht eines Kanalschachtes vor sich sah. Es strahlte hinunter in den Tunnel und warf lange Schatten gegen die Betonwand. Das musste der Kanaldeckel auf dem Schulhof sein. Jaina eilte auf das Tageslicht zu. Sie war kaum drei Schritte gelaufen, als sie vor Schreck erstarrte.

Zwei weiße Quadrate lösten sich aus dem Lichtkegel und bewegten sich auf sie zu. Jaina verfluchte ihre Sorglosigkeit. Sie war noch gar nicht bis an das Gitter des Kanaldeckels gekommen, und schon hatte ein Enderman sie entdeckt. Ein Gesicht zeichnete sich langsam vor ihr ab. Sie ließ alle Hoffnung fahren. Plötzlich sehnte sie sich förmlich danach, von einem Enderman entdeckt zu werden, denn das wäre immer noch besser gewesen als das, was jetzt auf sie zukam.

Das Gesicht hatte einen Spitzbart und einen platten, kastenförmigen Haarschnitt. Jeder Minecrafter kannte es als Steve, die ursprüngliche Standardspielfigur. Aber das war nicht Steves Gesicht. In den Augen tobte das Chaos, und das Chaos kannte nur einen Namen: Herobrine.

Jaina strauchelte zurück und ihre Füße platschten in den kleinen Wasserlauf. Wasser sickerte in ihre Schuhe. Die Angst hatte sie fest im Griff, als Herobrines restlicher Körper vor ihr Gestalt annahm.

„Du willst uns wohl nicht in Ruhe lassen, oder, Jaina?"

Herobrines Worte hallten im Tunnel wieder. Sie klangen hohl und wie von fern, als spräche er aus einem Radio.

„Ich werde nicht aufgeben, bis meine Freunde frei sind", sagte Jaina trotzig, als sie ihre Stimme wiedergefunden hatte. „Dein Überfall wird scheitern."

„Wohl kaum." Herobrine kicherte leise vor sich hin. „Ich habe jede Schule in der Stadt unter meiner Kontrolle. Das ist aber erst der Anfang. Meine Soldaten werden diese Welt vor deinen Augen umkrempeln."

Sein Körper flackerte wie das Licht eines Filmprojektors, während er sprach. Die Endermen, die sich die Polizisten geschnappt hatten, hatten nicht so geflackert. Herobrine versteckte irgendwas. Jaina trat aus dem Bach.

„Du bist gar nicht wirklich hier, nicht wahr?" Endlich begann Jainas Gehirn wieder zu arbeiten. „Du bist immer noch auf dem Seedserver gefangen. Denn wenn du frei wärest, wärest du schon längst wie ein Irrer über meine Nachbarschaft hergefallen. Aber du steckst noch fest, und du kannst mir nur diese dämliche Videonachricht senden. Glaubst du wirklich, ich wäre so dumm?“

„Mach die Augen auf, Jaina.“ Herobrines Bild flackerte wieder und verschwand beinah vollständig, bevor es zurückkehrte. „Meine Invasion verläuft genau nach Plan. Ich bewahre das Beste eben für den Schluss auf. Während wir hier sprechen, haben die Stadträte die Armee zu Hilfe gerufen. Das wird ihnen natürlich nichts nutzen.“

„Wie kannst du da so sicher sein?“, fragte Jaina.

Sie musste einen Weg aus diesem Tunnel finden. Solange Herobrine hier herumprahlte, würde er keine Endermen schicken, um sie gefangen zu nehmen.

„Die Armee wird scheitern, weil sie die wahre Dimension der Geschehnisse nicht begreift. Du begreifst sie offensichtlich auch nicht.“ Herobrines Augen leuchteten heller. „Du befindest dich hier in der realen Welt und suchst nach einer Gelegenheit zur Flucht, während du mit einer Computerspielfigur sprichst. Fragst du dich gar nicht, wie so etwas überhaupt möglich ist? Hast du dich nicht gefragt, was da passiert, als dein realer Körper sich verwandelt hat? Hast du dich nicht gewundert, als plötzlich aus dem Nichts ein Minecraftschwert in deiner Hand erschien?

Du springst und kämpfst wie ein Held in einem Computerspiel, obwohl du dich in der wirklichen Welt befindest. Diese Geschehnisse kannst du nicht verleugnen. Ich bin sicher, du hast es schon erkannt."

Widerwillig gab Jaina zu, dass Herobrine Recht hatte. Sie hatte die Ereignisse mit den Endermen in der Bibliothek und auf der Straße verdrängt. Jetzt kamen sie ihr wieder in den Sinn. Woher war das Schwert gekommen? Wie konnte sie wie ein Krieger kämpfen, wo sie doch in der realen Welt war? Sie hatte keine Antworten, Herobrine aber schien alles zu wissen.

„Die Trennung zwischen den Welten ist aufgehoben." Er kam näher, während er sprach. „Das Spiel wird zur Wirklichkeit und die Wirklichkeit wird zum Spiel. Du kannst deinen Platz in dieser neuen Realität finden, Jaina. Du bist klüger als all die anderen. Schließe dich mir an und führe meine Armee zum Sieg."

Er war jetzt in Reichweite, aber Jaina blieb ruhig. Auch wenn die Realität jetzt wieder kippen und ein Schwert in ihrer Hand erscheinen würde, würde sie nicht zuschlagen. Es wäre sinnlos. Der Herobrine vor ihr war lediglich ein Trugbild. Seine Worte waren Lügen. Es musste eine andere Erklärung für ihre seltsamen Erlebnisse geben. In Herobrines Chaos war die Antwort nicht zu finden.

Sie blickte fest in seine leeren, bösen Augen. „Ich werde mich dir nicht anschließen. Ich werde meine Freunde finden und dich ein für alle Mal vernichten."

„Schade." Herobrine runzelte die Stirn. „Es tut mir leid, dass du mir nicht glaubst, Jaina. Dann werde ich eben ohne dich herrschen. Die Grenze zwischen unseren Welten ist zusammengebrochen. Vielleicht wird dich das ja überzeugen."

Ein Minecraft-Wassereimer erschien wie aus dem Nichts in seiner Hand, und er kippte ihn um. Blockiges Wasser strömte heraus und ergoss sich über den Boden, hielt vor Jainas Füßen an und kroch die Betonwand hinauf, als würde es von irgendetwas in die Höhe gepresst. Binnen Sekunden stand eine Wand aus blauem Minecraftwasser zwischen Jaina und Herobrine aufgetürmt.

Hinter der Wasserwand lachte Herobrine

„Auf Wiedersehen, Jaina."

Im gleichen Augenblick wurde das blockige Wasser real, stürzte in einer Welle um, riss Jaina von den Füßen und schwemmte sie den Tunnel hinunter. Der Gang füllte sich mit Wasser, das zu einem reißenden Strom wurde. Jaina schnappte verzweifelt nach Luft, als das Wasser sie tief in den Tunnel riss, weg von ihrer Schule und jeder Hoffnung, ihre Freunde retten zu können.

Kapitel 10

Gelächter und Gebell erfüllten den Hügel.

Hamid rieb sich die Augen, er wollte sichergehen, dass er nicht träumte. Vor ihm standen zwei alte Freunde, von denen er gedacht hatte, sie niemals wiederzusehen.

Bano, der geheimnisvolle Dorfbewohner mit den roten Haaren, der Hamid und seine Freunde auf den Seedserver gebracht hatte, und Phisagrim, Betreiber eines Cafés im Nether und tapferer Mitstreiter. Hamid hatte Millionen Fragen an seine beiden Freunde. Zubon erschien neben ihm.

„Die anderen Endermen sind weg“, sagte er.

Bano hielt die Kiste mit den blau blinkenden Lichtern in die Höhe. „Ich wusste, das würde sie verscheuchen!“

„Was ist das für ein Ding?“, wollte Hamid wissen.

„Alles zu seiner Zeit, Hamid“, winkte der Rothaarige ab. „Wir sollten den Hügel schnellstens verlassen. Die Endermen werden zurückkommen, sobald sie sich von ihrem Schrecken erholt haben.“

Während der Dorfbewohner sprach, erhellte ein weiteres Licht Herobrines Festung. Der zweite Eckturm sendete einen neuen Lichtstrahl aus und verband sich mit dem Hauptstrahl. Herobrines Ankunft in der realen Welt war um einen Schritt näher gerückt.

Der Strom der auf dem Lichtstrahl aufsteigenden und in die wirkliche Welt reisenden Endermen hörte ebenso wenig auf wie der der wieder zurückkehrenden. Jedes dieser Monster trug eine Person auf seinen langen Armen. Immer mehr Polizisten kämpften gegen den unbarmherzigen Griff der Endermen, aber es waren auch Leute ohne Uniform unter ihnen. Alle hatten einen blockigen Körper, gehörten aber definitiv nicht in diese Welt.

„Das sind alles Leute aus der wirklichen Welt", sagte Hamid. „Herobrine verschleppt sie aus meiner Welt in diese. Irgendwie versorgt er mit ihnen die zusätzlichen, neuen Lichtstrahlen."

„So verstärkt er die Energie des Seeds, um damit in deine Welt zu gelangen, Hamid", erklärte Zubon. „Sobald alle vier Türme leuchten, hat der Seed genug Kraft, um Herobrine auf seine große Reise zu schicken."

„Wir müssen einen Weg finden, ihn aufzuhalten, bevor alle vier Lichtstrahlen erleuchten." Bano fuhr sich durch seine roten Haare. „Ich muss diese Neuigkeiten unbedingt ins Dorf der Hüter bringen."

„Zuerst müssen wir mal den Hügel hier verlassen." Der Enderman verschwand und tauchte unten am Fuß der Erhebung wieder auf. „Folgt mir."

Bones hüpfte wie eine Bergziege den Hügel hinunter, Phisa versuchte, mit dem Hund Schritt zu halten. Hamid grinste, als er seinen Freund hinterher hopsen sah. Als er Bano und Phisa das letzte Mal gesehen hatte, hatten sie ihn aus einem Kampf im Nether gerettet. Nun hatten sie es wieder getan. Bano lief knapp vor ihm den Hügel hinab und drehte sich nun zu Hamid um.

„Es ist schön, dich wiederzusehen", sagte der Dorfbewohner. „Wir hatten dich schon verloren geglaubt."

„Ich habe gerade dasselbe gedacht", erwiderte Hamid. „Aber ich kann mir immer noch nicht erklären, wie ihr mich gefunden habt."

„In der Tat! Wir haben dir viel zu erzählen, Hamid."

Bano hopste den blockigen Hang hinunter. Hamid verkniff sich seine Fragen und lief hinterher.

Weit genug von Herobrines Turm entfernt, führte Zubon sie durch einen langen Tunnel in eine kleine Höhle, in der sie alle genug Platz fanden.

„Hier sind wir erst einmal sicher", sagte er. „Aber nicht lange. Die Endermen werden nach uns suchen."

„Ja, sobald sie sich von ihrem Schrecken erholt haben." Ein spitzbübisches Grinsen machte sich auf Phisas violettem Gesicht breit. Hamid kicherte zufrieden. Er war wirklich froh, dass Phisa seinen Sinn für Humor ebenso wenig verloren hatte, wie die überdimensionalen Kopfhörer, die er auf seinem Kopf trug. Doch nun wollte Hamid seine Fragen stellen.

„Es ist wirklich schön, dass ihr hier seid, aber könnt ihr mir jetzt erklären, wie ihr so aus dem Nichts hier aufgetaucht seid und diese Endermen so verschreckt habt?"

Phisa zeite auf die blinkende blaue Kiste in Banos Händen. „Damit."

Bano hielt den kleinen Würfel hoch. Das flackernde, blaue Licht darin war etwas kleiner als ein Fußball.

„Das ist eine Warpmaschine", erklärte er, „unsere Ingenieure zu Hause haben sie eigens entwickelt, um dich zu finden, Hamid."

Hamid erinnerte sich an das Dorf der Hüter, Banos Heimat. Es sah aus wie ein typisches Minecraftdorf, aber die Dorfbewohner waren alles andere als typisch. Sie waren Wissenschaftler, Künstler und Ingenieure und hatten die Aufgabe, den Seed vor bösen Monstern wie Herobrine zu schützen.

„Dieser Warper kann einen Spieler über Landschaften, sogar verschiedene Welten hinweg orten und andere zu ihm hin teleportieren“, sagte Bano.

„Es hat eine Weile gedauert, dich hier im Ende ausfindig zu machen“, ergänzte Phisa. „Aber letztendlich haben wir dich entdeckt.“

„Gerade noch rechtzeitig“, fügte Zubon hinzu. „Herobrines Soldaten waren uns zahlenmäßig überlegen.“

Bones bellte zustimmend.

Hamid betrachtete die Lichter des Warpers. Auf unerklärliche Weise beruhigte ihn das rhythmische Blinken. Er hatte nie auch nur Ähnliches in Minecraft gesehen.

„Aber wie konntet ihr wissen, dass ich überhaupt noch hier bin?“

„Da kannst du dich bei deiner Freundin Jaina bedanken“, sagte Bano. „Nachdem wir in unser Dorf zurückgekehrt waren, haben wir eine Nachricht von ihr erhalten. Sie ist inzwischen in eure Welt zurückgekehrt und versucht verzweifelt, auch dich zurückzuholen.“

„Wir erhielten von ihr den Hinweis, dass du immer noch in Minecraft steckst. Also gingen Banos intelligentesten Ingenieure ans Werk und orteten dich schließlich hier im Ende“, erzählte Phisa weiter.

Hamid fühlte sich wieder voller Energie. Seine Freunde hatten ihn noch nicht aufgegeben.

„Was ist mit Ant?", fragte er hastig.

Bei der Erwähnung seines besten Freundes warf Phisa einen kurzen Seitenblick auf Bano.

„Er ist ebenfalls in eure Welt zurückgekehrt", erklärte Bano. „Aber leider ist er noch immer vom Alphaschleim infiziert und verschwunden."

„Das ist nicht gut", sagte Hamid enttäuscht.

„Nein, das ist es nicht, aber darum können wir uns im Moment nicht kümmern." Bano hielt den Warper in die Höhe. „Jetzt, wo wir dich gefunden haben, können wir dich aus dem Ende heraus und in unser Dorf in der Oberwelt bringen."

„Aber was wird aus Herobrine?", wandte Hamid ein. „Wir müssen ihn doch aufhalten."

„Das werden wir." Nervös blickte Bano zu Phisa. „Unsere Ingenieure arbeiten an einer Lösung, die verhindern wird, dass er den Server verlässt."

„Und wie weit sind sie auf der Suche nach dieser Lösung?"

„Nicht sehr weit", gab Bano zu. „Aber sie sind die klügsten Köpfe auf dem Server. Allerdings müssen wir zurückkehren und ihnen sagen, dass Herobrine Menschen verschleppt, um die Energie des Seeds zu optimieren und so in eure Welt zu einzudringen. Vielleicht hilft ihnen diese Information."

„Wir haben nicht die Zeit, auf deine Ingenieure zu warten, bis sie eine Lösung gefunden haben", sagte Hamid. „Herobrine muss nur noch zwei Türme erleuchten lassen, dann hat er genügend Energie, um in die reale Welt zu gelangen. Wir müssen ihn jetzt stoppen, wie auch immer."

Bano seufzte. „Als ich euch damals in meine Welt geholt habe, habe ich nicht geglaubt, dass es wirklich zu einem Krieg mit Herobrine kommen würde. Wir müssen dich erst außer Gefahr bringen. Du hast diesen Kampf schließlich nicht begonnen."

Die Lichter des Warpers flackerten langsam und verbreiteten eine beruhigende Atmosphäre in der kleinen Höhle.

Hamids Fahrschein aus dem Ende, weg von Herobrine und all dem Chaos, lag direkt vor ihm. Bano hatte Recht. Hamid hatte diesen Kampf mit Herobrine nicht begonnen. Es war nicht seine Schuld, dass die Computerspielfiguren außer Kontrolle waren. Er war nur ein Junge, der Minecraft liebte, wie viele Millionen anderer Kinder auf der Welt. Hamid wollte nur nach Hause und seine Familie endlich wiedersehen. Doch mit diesem Wunsch war er nicht allein.

Zubon summte leise vor sich hin. Sein ganzer Clan war von Herobrine entführt worden. Das war auch nicht Zubons Schuld, aber trotzdem war es jetzt sein Kampf, Herobrines Vormarsch aufzuhalten. Hamid konnte seinen neuen Freund nicht im Stich und allein in die Schlacht ziehen lassen.

Hamid holte tief Luft. „Ich bleibe hier. Du, Bano, kehrst zurück in dein Dorf und warnst die anderen. Ich werde das Ende nicht verlassen, bevor Herobrine nicht geschlagen ist."

„Du musst das nicht tun, Hamid", sagte Bano. „Du hast schon so viel für uns getan."

„Ich tue das für uns alle", erwiderte Hamid. „Für dich, für mich, für Zubon, für Minecraftmonster und für jeden Minecraftspieler. Millionen von Menschen lieben dieses Spiel, und ich werde nicht zulassen, dass ein selbstsüchtiger Schuft das alles ruiniert. Ich bleibe hier und werde Herobrine stoppen."

Zubon verschwand aus seiner Ecke und erschien direkt neben Hamid wieder.

„Ich schließe mich dir an." Die violetten Augen des Enderman leuchteten hell in der Dunkelheit.

„Ich auch." Phisa rückte seine Kopfhörer zurecht. „Ich bin nicht ganzen Weg hergekommen, ohne Herobrine eine Lektion zu erteilen."

Bano schüttelte langsam den Kopf. „Also gut. Ich kehre in mein Dorf zurück und informiere meine Leute. Sie werden weiter nach einem Weg suchen, Herobrine zu stoppen.“ Der Dorfbewohner wandte sich an Hamid. „Bist du sicher, dass du bleiben willst? Wenn ich einmal weg bin, kann ich nicht zurückkommen. Die Warpmaschine braucht Zeit, bis sie wieder aufgeladen ist. Ich fürchte, in der Zwischenzeit wird Herobrine seinen Plan verwirklicht haben. Ihr habt nur diese eine Chance, das Ende wieder zu verlassen.“

Hamid zögerte keinen Moment. „Danke, Bano, aber ich werde bleiben.“

Bano nickte. „Gut, dann wünsche ich euch dreien viel Glück.“

Der Dorfbewohner trat einen Schritt zurück und drückte auf einen Knopf des Warpers. Blaues Licht erhellte die kleine Höhle.

„Schicke Jaina eine Nachricht, wenn du kannst. Sie soll sich bereithalten“, rief Hamid. Von Bano waren nur noch Umrisse in dem blauen Licht zu erkennen.

„Bereithalten für was?“, kam es aus dem Blau.

„Ich weiß es nicht, aber ich arbeite daran.“

Plötzlich verschwand das blaue Licht, und auch Bano war weg.

Es dauerte eine Weile, bis Hamids Augen sich an die Dunkelheit gewöhnt hatten. Phisa und Zubon standen neben ihm.

„Okay, Boss", sagte Phisa. „Was machen wir jetzt?"

„Jetzt jagen wir Herobrine."

Kapitel 11

Jaina schnappte nach Luft.

Wasser rauschte überall, riss ihr den Boden unter den Füßen weg und trieb sie den Abwasserkanal entlang. Es fühlte sich an, als stürzte sie den größten Wasserfall der Welt hinunter. Mehrfach stieß sie gegen die scharfen Ecken des Tunnels. Erst lief ihr das Wasser in die Nase, dann zog es sie hinunter, bis ihr Kopf auf dem Steinboden aufschlug und sie kaum noch die Kraft hatte, gegen die Strömung anzukämpfen.

Jaina taumelte kopfüber durch das Wasser und entfernte sich immer weiter von ihrer Schule sowie von jeglicher Hoffnung, Herobrine aufhalten zu können.

Das Wasser um sie herum war definitiv real. Es mochte zwar zu Beginn nur Minecraftwasser in einem Eiseneimer gewesen sein, doch jetzt war es sehr nass und sehr kalt. Unterströmungen rissen an ihren Füßen, drückten sie wieder unter Wasser und ließen sie nicht los. Jaina mobilisierte ihre letzten Kräfte, um ihre Füße aus dem ganzen Müll zu befreien, der auf dem Kanalboden lag, und sich zurück an die Oberfläche zu kämpfen.

Als sie aus dem Wasser auftauchte, traf die kalte Luft sie wie eine Ohrfeige. Sie holte tief Luft und merkte gar nicht, dass es derart übel roch, als hätte jemand Lebensmittel im Kühlschrank vergammeln lassen.

All das Herumwirbeln, Ein- und Auftauchen hatte sie ihre Orientierung gekostet, Jaina wusste nicht mehr, wo sie war. Sie trieb nun durch einen viel breiteren Kanal, vorbei an Öffnungen zu Seitenkanälen, die weiteres Regenwasser in ihren Strom abführten.

Dann verlangsamte sich die Strömung und Jaina fand sich in einem großen Auffangbecken wieder. Betonwände begrenzten das Becken bis zu einer niedrigen Decke. Ein schwaches Licht erhellte das gegenüberliegende Ende des Beckens, hell genug, dass sie einen kleinen Vorsprung an einer Wand entdeckte. Mit letzter Kraft schwamm sie dorthin und zog sich aus dem Wasser.

Sie ließ sich auf den schmalen Stein fallen und versuchte, tief Luft zu holen, herrlich frische Luft. Stattdessen hustete sie erst einmal fast einen Eimer ekliges Abwasser aus, das sie auf ihrer Reise geschluckt hatte. Hustend und würgend starrte Jaina in die trübe Brühe.

Riesige Fettaugen schwammen auf der Wasseroberfläche. Ganze Inseln aus nicht identifizierbarem Müll trieben durch regenbogenfarbene Motorölschlieren. Bei diesem Anblick hätte sie sich fast übergeben und mehr als nur verschlucktes Wasser herausgewürgt. Doch in dem schmutzigen Wasser trieb noch etwas. Es war grün, leuchtend grün und sehr vertraut.

Jaina sprang auf die Knie und sah einen Fleck grünen Schleims in der Strömung. Er trieb nicht – er schwamm. Er bewegte sich durchs Wasser wie eine Qualle. Das war kein Tier, das ziellos nach Nahrung suchte. Der grüne Glibber hatte ein Ziel. Und es gab mehr davon. Auf der schmutzigen Oberfläche entdeckte Jaina mehr Klumpen des giftig grünen Schleims und alle bewegten sich in die gleiche Richtung.

Sie nahmen Kurs auf das mächtige Eisengitter, das weiter hinten das Becken verschloss. Das Wasser, das in dem Auffangbecken zusammenlief, floss behäbig durch diese Absperrung, bevor es mit dem Rauschen eines Wasserfalls in der Dunkelheit verschwand. An dem Gitter hatte sich Treibgut angesammelt. Plastiktüten, Baumäste und Schlamm, alles mit ekligem Schlier bedeckt.

Die grünen Schleimbrocken navigierten um die feststeckenden Plastiktüten und Äste, die das Gitter verstopften. Jaina beobachte mit wachsender Panik, wie das glibschige Zeug mit ungeheurer Geschicklichkeit den Hindernissen auswich. Nach und nach glitten die Schleimplacken durch das Gitter in den Wasserfall.

Zutiefst erschrocken verharrte Jaina frierend und auf ihren Knien. Sie hatte gehofft, der Abwasserkanal würde sie in ihre Schule führen. Stattdessen hatte sie das Böse vorgefunden, das sie vernichtet geglaubt hatte. Es war an der Zeit, den Job zu Ende zu bringen.

Sie ließ sich ins Wasser gleiten und trieb auf das Gitter zu. Mit kleinsten Bewegungen versuchte sie, dem gröbsten Dreck und Unrat auszuweichen. Dann zog sie sich aus dem Schmutzwasser und spähte durch das Gitter.

Unter ihr breitete sich ein großer, hell erleuchteter Raum aus. Schmutzwasser floss zu ihren Füßen in einen riesigen Behälter, der den größten Teil des Raumes beherrschte. Das Becken war bis zum Rand gefüllt. Runde Rohre traten an seinen Seiten aus und liefen zur entgegengesetzten Wand.

Jaina vermutete, dass die Anlage zur Reinigung des Wassers diente. Sie konnte sich nicht erklären, wie das funktionierte, aber es spielte auch keine Rolle. Sie blickte auf das Becken, und ihr war klar, dass dieses

Wasser dort unten ohnehin von niemandem auf der Welt mehr gereinigt werden könnte. Mitten im Wasser waberte grüner Schleim von der Größe eines Kleinwagens.

„Der Alphaschleim!“, rief Jaina entsetzt aus.

Daran gab es überhaupt keinen Zweifel. Ein solches Grün gab es in der realen Welt nicht. Wie die Endermen in ihrer Schule war auch dieses Minecraftmonster in der wirklichen Welt angekommen, und es wurde größer. Die kleinen Schleimkleckse, die sich zwischen den Gitterstäben hindurchgeschlängelt hatten, schwammen direkt zum großen Schleim und verschmolzen mit ihm. Der Alphaschleim nahm sie in sich auf wie eine Mutter, die ihr verloren geglaubtes Kind wieder in ihre Arme schließt. Mit jedem neuen Klecks wurde der Alphaschleim größer und stärker. Diese Familienzusammenführung musste unbedingt gestoppt werden.

Jaina kletterte das Gitter empor zu einem kleinen Spalt. Sie schlüpfte hindurch auf einen kleinen Vorsprung auf der anderen Seite. Unaufhörlich floss Wasser durch das Gitter und überspülte den schmalen Absatz. Dort Halt zu finden war nicht einfach. Ein falscher Schritt, und sie würde direkt in den Alphaschleim abrutschen. Eine Berührung könnte sie genauso infizieren wie Ant. Sie hielt sich mit den Händen am Gitter fest und überblickte den Raum unter ihr.

Über dem Becken hing ein schmaler Steg von der Decke, der den gesamten Raum durchquerte. Er führte zu einer breiten Plattform mitten über dem Becken, auf der sich eine Steuerkonsole mit Schaltern und Knöpfen befand. Vor dem Steuerpult stand die Person, auf deren Wiedersehen sie so sehr gehofft, vor dem ihr aber auch so gegraut hatte.

„Sei mir gegrüßt, Jaina." Ant blickte vom Steuerpult auf. „Ich habe gehofft, dass du dich mir anschließen würdest."

Jaina fand keine Worte. Es war schon damals im Nether ein Schock für sie gewesen, dass ihr Freund vom Alphaschleim besessen war. Ein einziger Spritzer eines infizierten Magmawürfels hatte Ant krank gemacht. Er war zu einem gefügigen Diener des Schleims geworden. Er hatte ihre Diamantschwerter gestohlen, ihre Freunde angegriffen und beinah den gesamten Seedserver zerstört. Als sie dann in die reale Welt zurückgesprengt wurden, hatte Jaina gehofft, dass Ant damit geheilt worden wäre.

Doch es hatte nicht gereicht. Ant hatte die Infektion mit sich gebracht. Er steckte noch immer in seinem

Minecraftskin. Jetzt stand er vor ihr, mit Schleim überzogen, er sah aus wie seine eigene Minecraftspielfigur und war immer noch sehr vergiftet. Die Schleimschicht, die ihn von Kopf bis Fuß überzog, war Beweis genug, dass er noch vom Alphaschleim beherrscht wurde.

„Du kommst gerade rechtzeitig“, rief ihr Ant von der Plattform zu. Grüner Schleim umhüllte ihn wie einer dieser Schutzanzüge, die bei Aufräumarbeiten nach Chemieunfällen getragen werden. Es tropfte von ihm herab, glitt durch die Metallgitter der Plattform, kroch in einem langen, grünen Faden herunter und verband ihn so mit dem Alphaschleim. „Wir nähern uns der Aufmarschphase. Du wirst dabei zusehen können.“

Jainas Finger, die das Gitter fest umklammerten, wurden allmählich taub. Der stetige Wasserstrom zog ihr fast die Füße weg. Viel länger konnte sie sich hier nicht mehr halten. Sie suchte den Raum nach einer Möglichkeit ab, von dem Vorsprung wegzukommen. Bald würde sie direkt in das Becken fallen. Der Steg wäre eine Chance, aber er war außer Reichweite.

„Was meinst du mit Aufmarschphase?“, fragte Jaina. Sie wusste nicht, ob sie die Antwort wirklich hören wollte, aber sie musste Ant ablenken, bis sie einen Weg nach unten gefunden hatte.

„Sobald mein Meister so weit ist, wird seine Macht aus diesem Becken durch das simple Reinigungssystem direkt in die städtische Wasserversorgung fließen."

Plötzlich fühlte sich Jainas gesamter Körper taub an. Das Gift würde aus allen Wasserhähnen der Stadt fließen und jeden in einen grünäugigen Sklaven des Schleims verwandeln.

Sobald er die Stadt unter seiner Kontrolle hätte, würde er mehr wollen. Der Schleim hatte nur ein einziges Ziel: sich auszudehnen und größer zu werden. Er suchte unablässig nach Wegen der Ausbreitung und unterwarf dabei alles, was in seinen Weg kam. Jetzt waren Jainas Heimatstadt, ihre Freunde, ihre Familie und alles, was sie liebte, an der Reihe. Als wäre es nicht schon schlimm genug, dass Herobrine in ihre Welt eingedrungen war, hatte sie es jetzt auch noch mit einem entlaufenen Schleim zu tun.

„Ant, du musst aufhören!", rief Jaina. „Du bist krank, aber wir können dich heilen."

„Mich heilen? Ich habe mich noch nie besser gefühlt." Ant trat mit ausgestreckten Armen vom Pult zurück. Schleim tropfte in großen Klecksen von ihm herunter. „Beneide mich nicht, Jaina, schließ dich mir an."

„Niemals!"

„Warten wir es ab.“ Ant musterte Jaina von oben bis unten. „Wenn du dich uns nicht anschließen willst, werden wir dich einfach zwingen.“

Grüne Schleimfäden schwammen im Wasser hinter dem Gitter. Dicke Klumpen Alphaschleim drückten sich in voller Breite gegen das Gitter. Wenn sie erst einmal hindurch gelangt wären, könnte sie eine Berührung nicht mehr vermeiden, was sie unvermeidlich in einen Diener des Alphaschleims verwandeln würde.

Jaina warf sich mit aller Kraft vom Vorsprung und segelte über das Becken und den Alphaschleim hinweg. Sie krachte mit ihrem Brustkorb so heftig gegen den Steg, dass ihr die Luft wegblieb. Sie griff nach den Stäben des Laufweges und hielt sich daran fest. Der Steg schwankte hin und her wie eine Kinderschaukel. Jaina hievte ein Bein hinauf und zog den Rest ihres Körpers auf den noch immer schaukelnden Steg.

„Sehr beeindruckend, Jaina. Du solltest dich für eine Turnmeisterschaft anmelden.“ Seine Worte trieften vor Sarkasmus, vergleichbar mit dem Schleim, der von seinem Körper tropfte. „Ich fürchte, wir können unser letztes Gefecht nicht noch einmal wiederholen. Soviel Zeit haben wir nicht mehr. Also bitte keine Heldentaten.“

Jaina kam auf dem Steg auf die Beine. Ant schwebte jetzt an dicken Seilen aus grünem Schleim, die mit dem Alphaschleim unten im Becken verbunden waren, über ihr.

„Wie du siehst, habe ich auch ein paar Tricks drauf", grinste er.

„Ant, hör auf." Jaina lehnte sich an das Geländer. Ihr Brustkorb schmerzte noch von der harten Landung. Sie hatte einen Geschmack im Mund wie eine Küchenspüle und der Raum hörte nicht auf, sich um sie zu drehen.

Ant schwebte näher heran. Zwei Diamantschwerter erschienen in seinen Händen. Beim Anblick der Echten Diamantschwerter richtete Jaina sich kerzengerade auf.

„Genau. Du erinnerst dich an sie, nicht?" sagte Ant.

„Ant, wir könnten die Schwerter dazu nutzen, dir zu helfen" rief Jaina mit fester Stimme. Sie hoffte, ihre Worte würden durch seine giftige Schleimrüstung zu ihm durchdringen.

„Mir helfen?" Ant lachte laut auf. „Ich bin nicht derjenige, der Hilfe braucht, sondern du."

Er hob sein Diamantschwert und durchtrennte mit der Klinge die eisernen Halterungen des Stegs mit einer solchen Leichtigkeit, als wären sie aus Schleim.

Der Laufsteg kippte zur Seite und Jaina rutschte nach unten auf das Becken zu. Sie ruderte mit ihrem freien Arm und bekam das verbliebene Geländer zu fassen. Sie konnte den Sturz bremsen, doch der Ruck zog schmerzend durch ihren Arm, während ihre Beine über dem Alphaschleim in der Luft strampelten. Der giftig-grüne Schleim waberte wie ein riesiger, schleimiger Popel in dem Regenwasserbottich. Irgendwo in diesem schmierigen Klumpen befand sich das verwirrte Gehirn, das ihren Freund kontrollierte. Um Ant zu retten, musste sie diesen Schleim vernichten. Vorher aber musste sie sich von diesem halb zerstörten Laufsteg retten. Ants Gelächter hallte an den Betonwänden wieder.

„Ich bin schon beeindruckt, wie lange du dich festhalten kannst, Jaina. Aber ich habe keine Zeit dafür. Ich muss eine Stadt infizieren." Noch immer gehalten von dem dicken Schleimfaden schwebte Ant näher und hob das Schwert zu einem weiteren Hieb. „Warum beenden wir das hier nicht schnell?"

Jainas Kopf brummte. Ihr Blick verschwamm und flackerte wie ein Fernseher, der nach einem Signal sucht. Ihre frei baumelnden Beine sahen plötzlich aus wie zwei Cornflakesschachteln ohne Füße. Als die Verwandlung durch den Rest ihres Körpers strömte, verließ sie ihre Angst. Sekundenschnell hatte sie sich in ihren Minecraftavatar transformiert und strotze nur so vor Energie.

„Ich bin einverstanden“, sagte sie. „Lass uns das hier beenden.“

Mit ihrer neugefundenen Kraft schwang sie sich vom Laufsteg, segelte durch die Luft und schwang ihren blockigen Arm in Richtung Ant. Er sah den Schlag nicht kommen. Jainas Verwandlung in ihre Minecraftfigur hatte ihn vor Überraschung reglos gemacht. Ihr Arm durchschlug die dicke Schleimschicht, die Ant überzog, und traf direkt auf sein Kinn. Das genügte, um ihn abzulenken. Mit der anderen Hand schnappte sie sich im Vorbeiflug eines der Schwerter aus Ants Händen. Sie landete auf der Plattform neben dem Steuerpult. Sie wirbelte herum, umfasste das Echte Diamantschwert mit festem Griff und bereitete sich auf Ants Gegenangriff vor.

Er schwebte nun hoch über ihr und blickte mit bösem Blick auf sie herab. „Wie kannst du es wagen! Du wirst uns nicht an unserem Vorhaben hindern!“

„Ich fürchte doch“, erwiderte Jaina.

Ants Augen flackerten giftgrün auf. Der Schleim auf seinem Körper bebte vor Wut.

„Dann wirst du sterben!“

„Mag sein." Jaina hob ihr Schwert. „Aber ich werde dabei nicht die einzige sein."

Sie ging auf die Knie, rollte sich von der Plattform und ließ sich in das Becken fallen.

Der Alphaschleim verschlang sie gierig. Seine Säure brannte sich durch Jainas Minecrafthaut. Der ganze Körper tat ihr weh.

Ihr ganzer Körper schmerzte. Angegriffen durch die giftigen, metallzerfressenden Enzyme des Alphaschleims tat der Echte Diamant im Inneren von Jainas Waffe, das einzig richtige, um zu überleben: Er schlug zurück. Die uralte Kraft des Diamanten brach aus der Schneide und verdrängte die Gifte, die Jaina umgaben. Blaues Licht kämpfte gegen grün leuchtenden Schleim. Jaina umfasste das Diamantschwert mit aller ihr verbliebenen Kraft. Das Gewicht des Schleims drückte sie herunter und hüllte sie ein, sodass sie kaum atmen konnte. Aber sie hielt das Schwert fest. Wenn sie es losließ, würde sie die Verbindung zu der Macht des Echten Diamanten verlieren und der Alphaschleim könnte sie verschlingen. Das Grün des Monsters, das sie umschloss, verblasste allmählich und wurde zu einem Blau. Dann explodierte die Welt.

Schmutzwasser schoss aus dem Becken und trug sie hoch in die Luft. Grüner Schleim spritzte überall umher. Jaina stürzte auf die Plattform neben dem Steuerpult. Vertrocknete Schleimklumpen verteilten sich überall, schwarz und krustig wie damals, als sie den Schleim im Nether das erste Mal getötet hatte. Haufenweise lebloser Glibber bedeckte den Laufsteg über dem Wasserbecken.

Aus einem der toten Schleimhaufen reckte sich eine Hand. Jaina rannte hastig dorthin, ihr Minecraftavatar war verschwunden. Sie grub sich durch die Schleimreste.

Ein Kopf brach aus dem Schutt hervor. Ein runder Kopf, mit runden Augen und einem runden Kinn. Da war auch ein Lächeln, von dem Jaina nie gedacht hatte, es jemals wiederzusehen.

„Willkommen zurück, Ant."

Kapitel 12

Hier war das Ende zu Ende.

Hamid stand am Klippenrand und starrte in die dunkle Leere unter ihm. Die Endsteine, die sich über viele Kilometer flach erstreckt hatten, waren zu Ende. Soweit das Auge reichte, breitete sich ein Meer aus schwarzem Nichts vor ihnen aus. Phisa schüttelte den Kopf, als er sah, was vor ihnen lag.

„Das ist schon eindrucksvoll, Zubon, aber warum hast du uns hierhergebracht?“, fragte er.

Der Enderman schwirrte um Hamid und Phisa herum und teleportierte sich aufgeregt in kurzen Abständen. Bones umkreiste sie und bellte nervös.

Sie waren Zubon aus ihrer Höhle quer durch das Ende und weg von Herobrines Turm gefolgt. Hamid hatte eingewandt, dass sie eigentlich keine Zeit für eine Wanderung hätten, aber Zubon hatte ihnen versichert, dass die Reise ihnen helfen würde, Herobrine zu besiegen. Hamid vertraute Zubon, aber mit jedem weiteren Schritt weg von Herobrine und seinem Turm verstand er die Logik des Enderman immer weniger. In jeder Sekunde verschleppte Herobrine Menschen aus der echten Welt und vergrößerte so die Energie des Seeds, sodass er sehr bald aus dem Ende würde fliehen können. Zubon deutete auf einige Inseln aus Endsteinen, die in dem Meer aus Nichts schwebten.

„Wegen ihnen sind wir hier."

Eine größere Insel beherrschte den ansonsten leeren Himmel. Auf ihr erhob sich ein Gebäude aus violettem Stein. Das große Bauwerk streckte sich senkrecht nach oben, kleinere Gebäude stemmten sich seitwärts heraus. Es wirkte wie ein weit verzweigtes Baumhaus. Um das Bauwerk herum standen violette Bäume geräusch- und bewegungslos im windstillen Nichts.

„Eine Endsiedlung", staunte Hamid. „Es gab Gerüchte darüber, aber bisher habe ich noch nie eine gesehen."

„Sie sollten auch um jeden Preis vermieden werden", erklärte Phisa. „Bitte sag jetzt nicht, wir werden in die Endsiedlung gehen."

„Wir werden in die Endsiedlung gehen", antwortete Zubon.

„Ich hab's befürchtet", seufzte Phisa.

„In diesen Bauwerken finden wir Werkzeuge, die uns im Kampf gegen Herobrine helfen werden", summte Zubon. „Wir werden nicht lange brauchen, wenn wir vorsichtig sind.“

Hamid suchte nach Lebenszeichen in der vor ihm schwebenden Siedlung, fand aber keine. Nicht ein Enderman surrte innerhalb der purpurnen Mauern. Keiner von Herobrines vierarmigen Freaks bewachte die Gemäuer. Keine Spur von Leben war zu entdecken, was aber den Kloß, der in Hamids Bauch langsam heranwuchs, keineswegs beeindruckte. Wenn es ihnen helfen würde, Herobrine zu stoppen, würde er eben die unheimliche Siedlung betreten.

„Wie kommen wir denn da hin?“, fragte Hamid.

„So.“

Zubon schnappte sich Bones mit seinen langen Armen und verschwand. Ein paar Sekunden später tauchte er oben in der Endsiedlung auf der schwebenden Insel wieder auf. Er stellt Bones auf den Boden, löste sich in Luft auf und stand plötzlich wieder neben Hamid. Bones bellte wie verrückt von der Insel herüber.

Hamid blickte den Enderman verblüfft an. „Ich dachte, du könntest uns nicht tragen?“

„Nicht auf langen Strecken, kurze Hopser wie dieser hier sind kein Problem.“ Zubon streckte seine Arme nach Hamid aus. „Bist du bereit?“

Ein Energiestoß rüttelte Hamid durch, als der Enderman ihn packte. Er blinkte kurz auf und schon stand er oben in der Siedlung neben Bones. Der Hund, der verständlicherweise immer noch nicht erfreut darüber war, einfach weggetragen worden zu sein, knurrte Zubon wütend an. Hamid kraulte seine Ohren, um ihn zu beruhigen.

„Kannst du uns auch wieder zurückbringen?“, fragte er.

„Das hoffe ich“, antwortete Zubon und schwirrte davon, um Phisa einzusammeln. Einen Augenblick später standen alle vor dem höchsten Turm der Siedlung. Zubon bewegte sich auf eine Öffnung zu, die in den Turm führte. „Hier finden wir, was wir suchen.“

„Und was suchen wir?“, fragte Hamid.

„Nach einer Möglichkeit, die Mauern in Herobrines Festung zu durchbrechen“, antwortete Zubon.

Phisa zuckte mit den Achseln. „Mit Erklärungen halten sich Endermen wohl nicht lange auf.“

Hamid und Phisa folgten Zubon in die Endsiedlung, die der Turm beherbergte. Bones trottete nebenher. In der Siedlung war es so still wie in einem Klassenzimmer während einer Mathearbeit. Böden, Mauern und Decken waren sämtlich aus den gleichen violetten Blöcken gefertigt.

„Purpurblöcke“, bemerkte Phisa. „Ich habe noch nie so viele auf einem Fleck gesehen. Es gibt einige Geschichten über Endsiedlungen wie diese hier. Aber ich hätte nie gedacht, dass ich tatsächlich einmal eine zu sehen bekomme.“

Sie liefen einen schmalen Pfad bergauf, der sie immer höher in die Stadt führte, bis Zubon sie ganz oben in einen kleinen Raum führte. In die Wände waren breite Fenster eingelassen, die einen großzügigen Blick auf die gelben Endsteinziegel in der Landschaft gewährten. In der Mitte des Raums stand eine Holztruhe. Zubon umschwirrte sie aufgeregt.

„Was wir suchen, ist hier drin“, sagte er.

Hamid eilte zur Truhe und fand zwei Tücher aus dünnem Stoff in ihrem Inneren. Hamid nahm ein Tuch heraus. Phisa nahm das andere und blickte ebenso verwirrt, wie Hamid sich fühlte.

„Wir haben den ganzen Weg für einen Umhang zurückgelegt?“, fragte Hamid.

„Das sind keine Umhänge“, erwiderte Zubon hastig. „Aber nimm sie trotzdem auf den Rücken. Wir müssen weg. Sie wachen gerade auf.“

„Wer wacht …?“ Hamid blieben die Worte im Hals stecken. Er hatte den Purpurblock in der hinteren Ecke des Raums nicht beachtet, konnte ihn aber jetzt nicht mehr übersehen. Während er mit Zubon sprach, zerbrach der Block in der Mitte wie eine Eierschale. Zwei Augen blickten aus dem Inneren. Ein gelber, sternenförmiger Block schoss heraus und kam direkt auf Hamid zu.

„Shulker!“, schrie Phisa und wich dem heranfliegenden Stern aus.

Hamid war nicht schnell genug. Der gelbe Stern bohrte sich in seine Brust. Die Energie des Einschlags hob ihn in die Luft und beförderte ihn durch das Fenster hinaus. Erst als er durch die Öffnung sauste, wurde ihm bewusst, dass er flog.

Drinnen griff Phisa den Shulker mit seinem Schwert an. Dieser feuerte einen weiteren Stern heraus und verschloss seine Schale sofort wieder, sodass Phisas Klinge wirkungslos von dem Block abprallte. Das Geschoss raste auf Bones zu und traf ihn am Schwanz. Jaulend flog der Hund Hamid durch das Fenster hinterher.

Die beiden trieben hoch oben im Nichts zwischen der Endsiedlung und dem Festland.

Hamid taumelte kopfüber durch die Luft und fühlte sich wie ein Astronaut, der aus seinem Raumschiff gefallen war. Zubon tauchte auf dem Dach des höchsten Bauwerks auf.

„Leg sie dir über den Rücken!“ Die Worte des Enderman summten in Hamids Ohren.

Bevor Hamid eine Antwort zurückschreien konnte, endete der Effekt des Shulkergeschosses. Das Schweben wurde durch ein Fallen abgelöst. Er stürzte vorbei an Bones, dessen Geschoss ihm noch immer Schwebekraft verlieh.

Die leere Dunkelheit des Nichts kam immer näher und drohte ihn zu verschlingen. Hamids Gehirn arbeitete ebenso schnell, wie sein Körper fiel. Nichts konnte ihm jetzt noch helfen.

„Leg sie dir über den Rücken!“

Zubons Worte bohrten sich in seine panischen Gedanken, und plötzlich hatte er eine Idee. Er öffnete sein Inventar, griff nach den Umhängen und legte sie sich über den Rücken.

Sein Absturz verlangsamte sich zu einem sanften Gleiten. Sein Herz begann wieder zu schlagen, und die Hoffnung kehrte zurück. Er warf einen Blick über seine Schulter und sah, was der Enderman die ganze Zeit schon gewusst hatte.

„Flügel!“, schrie er glücklich. „Es sind Flügel!“

Hamid lehnte sich zurück und fiel dadurch noch langsamer. Er bog sich ein wenig zur Seite und bemerkte, dass er so in der Lage war, eine Kurve zu fliegen. Er konnte sein Glück kaum fassen. Die als Elytren bekannten Flügel waren im Ende nur sehr selten zu finden. Zubon hatte die ganze Zeit über gewusst, dass sie in der Endsiedlung versteckt waren. Er hatte gehofft, Hamid könnte damit Herobrines Festungsmauern überwinden. Das könnte sogar klappen, aber erst einmal musste er sich davor bewahren, ins Nichts zu fallen. Er konnte mit den Flügeln nur hinabgleiten, wenn er also zu langsam würde, wäre es mit seinem Glück vorbei. Aber immerhin konnte er ein wenig steuern, was besser als nichts war.

Hoch über ihm sah er einen weißen Fellball hinunterstürzen.

„Halte durch, Bones, ich komme“, rief er.

Mit wachsendem Geschick manövrierte sich Hamid dem fallenden Hund entgegen. Er fing seinen kleinen Freund problemlos auf. Der glückliche Hund überschüttete ihn mit feuchten Hundeküssen.

„Ich freue mich auch, Süßer!“, lachte Hamid. „Jetzt müssen wir nur noch einen geeigneten Landeplatz finden.“

Sie waren an den fliegenden Inseln der Endsiedlung vorbeigeschwebt. In dieser Richtung war nur dunkles Nichts zu sehen. Die Oberfläche des Festlands war auch schon lange vorbeigezogen. Zu Hamids Linken erstreckte sich das Schattenreich des Endes. Mit Bones im Arm steuerte Hamid auf einen massiven Brocken Land zu, der im Nichts schwebte. Es kam ihm vor, als würde er unter Wasser an einem treibenden Eisberg vorbeischwimmen. Endsteinblöcke jagten vorbei, als Hamid die Oberfläche nach einem Landeplatz absuchte. In der Ferne tauchte am Rand der gelben Endsteine ein Loch auf. Hoffnungsvoll flog Hamid näher und sah, dass es sich um einen Tunneleingang handelte.

„Alles wird gut, Bones!" frohlockte er leise, als sie in den Tunnel glitten.

Hamid hoffte, im Tunnel eine Höhle zu finden, in der es genug Platz für eine sanfte Landung gab. Es wurde immer dunkler und kühler, und der Hund begann zu winseln. Hamid hielt ihn fester.

„Keine Angst, Kleiner!"

Der Hund ließ sich nicht beruhigen und grub seine Krallen in Hamids Arme, um jederzeit abspringen zu können.

„Wir werden gleich einen Landeplatz finden und uns dann einem Weg zur Oberfläche suchen." Hamid war sich dessen selbst nicht sicher, doch seine eigenen Worte verliehen ihm Zuversicht. „Ich wette, dass Phisa und Zubon uns zuerst finden."

Bones trat jetzt so heftig gegen Hamid, dass er die Elytren kaum noch gerade halten konnte. Schließlich flogen sie aus dem Tunnel direkt in eine Höhle, so wie Hamid es gehofft hatte. Bones wehrte sich immer heftiger. Der Flügel an Hamids rechter Seite streifte plötzlich einen Block. Es gab ein ziemlich ungesundes Knirschen, und sie begannen zu taumeln, stießen gegen zwei weitere Blöcke und landeten recht unsanft auf dem harten Boden. Mit einem vernehmlichen Schnauben sprang Bones aus Hamids Armen und flüchtete in die Dunkelheit. An den steilen Endsteinwänden hallte sein Winseln wieder. Hamid befreite sich von den Elytren und verstaute sie in seinem Inventar. Zubons Schatz hatte ihn zwar vor dem Shulker gerettet, aber auch von seinen Freunden getrennt. Wieder einmal!

Sie befanden sich an einer Kreuzung zu einer weiteren Höhle. Dämmriges blaues Licht erleuchtete die Grotte und warf lange Schatten auf den Boden.

„Wie geht es deinem Schwanz, Bones?" Hamid checkte seine eigene Gesundheit. „Ich habe noch drei Herzen, also leben wir noch und sind gesund. Hier sind wir erst einmal sicher."

Mit angelegten Ohren kroch Bones aus dem Schatten heraus. Der Hund hielt seinen Kopf knapp über den Boden und knurrte die Wand hinter Hamid an.

„Beruhig dich, Bones."

Hamid wollte ihn streicheln, aber der Hund duckte sich weg und starrte weiter grimmig auf die Wand.

Hamid folgte seinem Blick und betrachtete die Wand genauer. Sie war schwarz wie die Nacht, schien aber nicht aus Obsidian zu sein. Sie war höher als ein Haus, reichte aber nicht bis zur Decke. Stattdessen endete sie in grauen Zacken.

Dann bewegte sie sich.

Bones sprang erschrocken zurück, sein grimmiges Knurren wurde zu einem kleinlauten Jaulen. Mit angehaltenem Atem starrte Hamid auf die Wand. Sie bewegte sich erneut und wölbte sich vor, dann wieder zurück. Vor und zurück. Wieder und wieder.

Entsetzten packte Hamid. Das war keine Wand, das war ein lebender Körper.

Graue Zacken verliefen über seinen riesigen Rücken. Ein dicker, schlangenartiger Schwanz kringelte sich nicht weit von ihnen entfernt um seinen Rumpf. Hamid folgte diesem Rückenkamm mit den Augen aufwärts bis zum Kopf, der die Größe eines Familienautos hatte. Aus der langen Schnauze ragten ein paar messerscharfe Zähne heraus, die länger als Hamids Arme waren. Wahrscheinlich versteckten sich noch weitere Zähne in seinem Maul. Das

Ungeheuer hielt seine Augen geschlossen. Es atmete ruhig, als schliefe es oder wartete auf seine nächste Mahlzeit. Der ganze Körper dieses Monsters war mit Schuppen übersät, die schwarz wie die Nacht waren. Zwei riesige Flügel wuchsen aus seinen Schultern, die im Moment zusammengelegt waren. Hamid konnte sich vorstellen, welche Spannweite sie im entfalteten Zustand erreichen würden. Aber eigentlich wusste er es, denn er hatte diese Flügel schon in Aktion gesehen. Er war diesem Monster schon einmal begegnet und wusste, dass er keine Chance hatte.

Hamid zog Bones näher zu sich. Jetzt war ihm klar, weshalb der Hund so verängstigt gewesen war. Sie waren nicht in die Sicherheit geschwebt, sondern direkt in den Bau eines Enderdrachens.

Kapitel 13

Jaina stank, wie man es sonst nur von alten getragenen Socken kennt.

Das passiert eben, wenn man in Abwasserkanälen herumplanscht. Bei Ant war es nicht viel besser, aber er roch auch an guten Tagen ziemlich streng. Sie ergriff seine Hand und zog ihn aus dem Gully auf die Straße.

„Ich hätte nie gedacht, dass Sonnenschein mich jemals so glücklich machen würde“, sagte sie.

Nachdem sie den Alphaschleim besiegt hatten, waren sie so schnell wie möglich aus der Kanalisation geflüchtet. Ant war wieder er selbst. Der grüne Schleim war getrocknet und von ihm abgefallen. Die giftige Wirkung hatte keinen Einfluss mehr auf ihren Freund. Es schien, als wäre Ant von einer langen und schweren Krankheit genesen. Mit einer Hand schützte er seine Augen vor der tiefstehenden Abendsonne.

„Kommst du hier draußen klar?“, fragte Jaina.

Er atmete tief ein und nickte.

„So langsam komme ich wieder zu mir, aber ich kann mich kaum an etwas erinnern. Nachdem ich den Nether verlassen hatte, wurde alles so eigenartig."

„Eigenartig wurde es schon lange vorher", witzelte Jaina. „Du bist einfach durch das Dach der Schule geflogen. Ich wusste bis dahin nicht, dass Schleime fliegen können."

„Können sie auch nicht. Es war auch eher ein Wegflutschen als ein richtiger Flug. Ich bin auch nicht weit gekommen. Ich kann mich erinnern, dass ich auf der Straße vor der Schule gelandet bin. Die Sonne verbrannte mir die Haut und so tat ich, was alle Schleime tun. Ich suchte nach einem dunklen und feuchten Ort, um mich zu erholen."

„Du wolltest so schnell wie möglich in die Kanalisation", sagte Jaina. „Darum hast du im Park die Tür zu dem kleinen Schuppen aufgebrochen."

„Ich bin dem Abwasserkanal bis zum Auffangbecken gefolgt. Ich hatte gerade meine schleimige Energie wiedererlangt, als du aufgetaucht bist."

„Und das war auch gut so, denn sonst würde jetzt jeder hier in der Stadt in Schleim schwimmen."

Ant schaute sich auf der leeren Straße um. „Apropos Leute, wo sind die denn alle? Wir sind schließlich mitten in der Stadt."

„Da hast du Recht. Eigentlich müsste hier reges Treiben herrschen."

Die Geschäfte und Bürgersteige entlang der Hauptstraße waren leer, die Türen zu den Geschäften standen offen und mitten auf der Straße standen verlassene Autos herum.

„War ich das?"

„Nein", antwortete Jaina. „Ausnahmsweise bist du daran nicht schuld."

„Alle sind wie vom Erdboden verschluckt", Ant blickte in einen leeren Kleinlaster, der mit offener Tür an einer Ecke stand. „Was ist passiert?"

Ein bitterer Geschmack legte sich auf Jainas Zunge, und er kam nicht von dem verschluckten Abwasser.

„Herobrine ist passiert", sagte sie.

Während sie über die menschenleere Straße liefen, erzählte Jaina ihrem Freund von Herobrine, der die Schulen der Stadt in Festungen verwandelt hatte, und von den vierarmigen Enderfreaks, die sich Polizisten, Mr. Rodinaldo, Rektor Whiner und alle, die zufällig in der Nähe der Schule standen, geschnappt hatten.

„Herobrine hat seine Endermen offensichtlich auch in diese Gegend geschickt", stellte Ant fest, als Jaina geendet hatte.

„Er wird immer mächtiger", bemerkte Jaina.

„Stimmt.“ Ant nickte mit dem Kopf. „Aber ich habe immer noch nicht verstanden, was mit dir da unten in der Kanalisation geschehen ist. Du hast dich vor meinen Augen in deine Minecraftfigur verwandelt.“

„Du doch auch!“

Entschuldigend hob Ant seine Hände. „Ich war schließlich vom Alphaschleim infiziert. Welche Ausrede hast du?“

„Ich füchte, ich habe keine“, gestand Jaina.

Natürlich hatte sie sich schon Gedanken darüber gemacht. Schon nach ihrer ersten Transformation in der Schulbibliothek hatte sie versucht, eine Erklärung zu finden. Es war wirklich sonderbar, aber auch ziemlich praktisch. Immerhin hatte das Blockigwerden ihr bisher das Leben und Ant vor dem Alphaschleim gerettet. Allerdings fände sie es beruhigender, wenn sie den Grund dafür kennen würde.

„Meinst du, es liegt daran?“ Ant hielt das Schaumstoffschwert, das er seit seiner Heilung in der Hand trug, in die Höhe.

Jaina betrachtete ihr eigenes Schaumstoffschwert. Mit diesen Schwertern hatte alles angefangen. Auf dem Seedserver bestanden sie aus Echten Diamanten, hier in der wirklichen Welt jedoch waren sie nur Spielzeugschwerter.

„Ich bin mir nicht sicher“, sagte sie nach kurzem Nachdenken. Jaina hatte ihr Schwert nicht mehr in der Hand gehalten, seit Ant es ihr im Nether gestohlen hatte. Es war natürlich schön, dass sie es während des letzten Kampfes von Ant zurückbekommen hatte, aber es konnte nicht der Grund dafür sein, dass sie sich in ihren Avatar verwandeln konnte. „Egal, ob es dieses Schwert oder Herobrines Macht ist, jedenfalls ist die Trennung zwischen Minecraft und unserer echten Welt aufgehoben.“

„Das ist irgendwie ziemlich cool“, sagte Ant.

„Das würdest du nicht sagen, wenn du gesehen hättest, was Herobrine mit unserer Schule veranstaltet hat.“ Jaina sah sich auf der leeren Straße um. „Wir müssen unbedingt herausfinden, was hier gerade geschieht.“

„Ich habe da vielleicht eine Idee“, sagte Ant. „Komm mit!“

Er rannte die Straße herunter und verschwand um die Ecke. Jaina holte ihn vor einem verlassenen Elektronikgeschäft ein.

„Gadget City?“, fragte sie. „Brauchst du ein neues Computerspiel?“

„Noch bin ich mit Minecraft nicht fertig. Mein Vetter Theo arbeitet hier.“

Der Parkplatz war voller Autos, aber es war nicht ein Mensch zu sehen.

„Glaubst du wirklich, dass er noch hier ist? Der Laden sieht genauso verlassen aus wie all die anderen."

„Wir brauchen ihn nicht, wir brauchen nur die Technologie." Ant ging auf die Tür zu, die sich sofort automatisch öffnete und den Blick auf den riesigen Elektronikmarkt freigab.

Gadget City war leer. Überall standen Hightech-Spielereien herum, aber weder Käufer noch Verkäufer. Musik ertönte aus den Lautsprechern, aber es war niemand zu finden.

„Die müssen alle plötzlich verschwunden sein." Jaina lief durch den Laden. „Es sieht nicht so aus, als hätte hier ein Kampf stattgefunden. Alles liegt ordentlich in den Regalen, wie es sein sollte."

„Nur die Leute fehlen", erwiderte Ant. „Theo hat heute hier gearbeitet. Hoffentlich geht es ihm gut."

Jaina blieb vor einem großen Flachbildfernseher stehen, der als Sonderangebot angepriesen wurde. Er strahlte gerade eine Sendung über tropische Fische aus. Sie wechselte den Kanal zum Lokalsender. Die Bilder, die sie nun sah, jagten ihr kalte Schauer über den Rücken.

Ein Hubschrauber des Senders flog gerade über ihre Schule und filmte das Ausmaß von Herobrines Werk.

„Das ist unsere Schule!“ Ants Augen klebten förmlich am Bildschirm. „Du hast das mit den Obsidianmauern ernst gemeint.“

Mauern aus schwarzen Ziegeln umschlossen das Schulgelände. Weißknochige Skelette patrouillierten auf den Festungsmauern. Endermen schwirrten über den offenen Schulhof.

Doch nicht die Monster oder die Minecraftblöcke erschreckten Jaina.

„Alle sind fort.“

Wie das Gadget City oder die Straßen um sie herum, war auch der Platz vor der Schule absolut menschenleer. Nur wenige Stunden zuvor hatte es hier noch vor Polizisten gewimmelt. Jetzt schien die Welt untergegangen zu sein. Leere Polizeiautos standen auf der Straße, doch kein einziger Polizist war zu sehen. Übertragungswagen verschiedener Sender waren hastig auf die Bordsteine gefahren worden, aber alle waren verlassen. Ein gelbes Absperrband flatterte quer über der Straße.

Die Fernsehkamera schwenkte von der Schule weg und fing jetzt eine Reporterin ein, die in der offenen

Tür des Helikopters saß. Sie sprach hastig in ein großes Mikrofon.

„Hier ist Sheena Raine!" Jaina drehte das Fernsehgerät lauter.

„Wir setzen unsere Berichterstattung über die Ereignisse in unserer Stadt fort. Die North Gray Elementary und weitere Schulen in Westlake City wurden von einem Verbund unbekannter Angreifer besetzt. Sie haben jede Schule in eine Art Festung verwandelt. Vor etwa einer Stunde sind Soldaten dieser Gruppe, ausgerüstet mit schwarzem Körperpanzern, aus der Schule geschwärmt, haben jeden Polizisten in ihrer Nähe ergriffen und sind mit ihnen verschwunden. Ähnliche Szenen haben sich in der ganzen Stadt abgespielt."

Der Fernseher zeigte jetzt eine belebte Straße in der Innenstadt, nicht weit von der Stelle, an der Jaina und Ant aus der Kanalisation geklettert waren. Die Bürgersteige waren mit Kauflustigen überfüllt. Sheena Raines Stimme kommentierte die Bilder.

„Sie sehen Szenen aus der Innenstadt, kurz nachdem die erste Angriffswelle aus den Schulen brach. Wie Sie sehen, begnügten sich die Soldaten mit den merkwürdigen Rüstungen nicht damit, Polizisten zu verschleppen. Sie ergriffen jeden, der ihnen begegnete."

Der Bildschirm zeigte Endermen, die aus dem Nichts auf Bürgersteigen und Straßen auftauchten, unschuldige Passanten ergriffen und mit ihnen verschwanden. Eine Welle langarmiger Endermen nach der anderen traf ein, schnappten sich jeden, der vorbeikam und schleppten ihn weg. Binnen Minuten waren die Straßen so verlassen, wie Jaina und Ant sie vorgefunden hatten.

„Bisher ist noch völlig unklar, wer oder was hinter diesen ungewöhnlichen Entführungen steckt", fuhr Sheena Raine fort. „Der Bürgermeister hat für die Stadt den Ausnahmezustand ausgerufen und das Militär mobilisiert, um sich der Bedrohung zu stellen."

Jaina stellte den Ton ab. Sie konnte sich das nicht länger anhören.

„Es sind die Schulcomputer", sagte sie. „Mr. Rodinaldo hat gesagt, dass nur die Schulen, die Minecraft auf ihren Computern installiert haben, angegriffen worden sind. Herobrine benutzt das Spiel, um seine Armee zu uns zu schicken."

„Das muss man Herobrine lassen, wenn man jemanden angreifen will, ist eine Schule ein gutes Ziel."

Jaina grummelte. Eigentlich hatte sie geglaubt, es sei eine gute Sache, Ant wieder zurückzuhaben.

Alle Fernsehgeräte um sie herum begannen gleichzeitig zu summen, Sheena Raines Bild verschwamm und wurde durch ein neues Gesicht ersetzt. Es hatte blendend weiße, eiskalte Augen.

Jaina stellte hektisch den Ton wieder an.

„Seid mir gegrüßt, Leute von Westlake." Herobrines Stimme war kalt wie eine Leichenhalle. „Willkommen in einer neuen Zeit. Ich bin Herobrine, euer neuer Herrscher."

„Wieso ist Herobrine im Fernsehen?" Ant sah aus, als würde er jeden Moment vor Wut platzen.

Jaina starrte auf den Bildschirm. „Er hat sich in das Netzwerk des Fernsehsenders gehackt, um seine Nachricht zu verbreiten. Wieso kann er das?"

Das Bild zeigte jetzt eine endlose, flache Landschaft aus gelben Steinen.

„Das Ende!" Jaina erkannte das dritte Minecraftreich sofort. „Wie schafft er es, uns Bilder aus dem Inneren von Minecraft zu zeigen?"

Ant zuckte mit den Schultern. „Herobrine schafft scheinbar alles."

Das Bild wanderte quer über das Ende und verharrte schließlich über einer Reihe großer quadratischer Flächen, die mit Obsidianmauern begrenzt waren. Die Vierecke erinnerten Jaina an landwirtschaftlich genutzte Felder aus der Vogelperspektive. Aber auf diesen Äckern wurde kein Getreide angebaut. Auf jedem ummauerten Stück Land standen Statuen. Hunderte versteinerter Leute. Keine blockigen Minecraftavatare, sondern echte Menschen mit rundlichen Formen. Einige von ihnen trugen Polizeiuniformen, andere Einkaufstüten in der Hand, aber alle hatten denselben angsterfüllten Gesichtsausdruck. Immer wieder tauchten Endermen wie aus dem Nichts auf und brachten neue, erstarrte Personen mit. Nach einer kurzen Verschnaufpause teleportierten sie sich wieder davon und ließen ihre Fracht zurück. Ob Mr. Rodinaldo und Rektor Whiner auch dort waren?

Jainas Gehirn sträubte sich, diese Bilder zu verarbeiten. Wirkliche Menschen erstarrt in einer blockigen Minecraftwelt? Es war wirklich wahr! Die Welten verschmolzen miteinander. Zuerst ihre Minecrafttransformation und jetzt diese Bilder.

Während die Bilder über den Bildschirm liefen, dröhnte Herobrines Stimme aus den Lautsprechern.

„Oberhäupter von Westlake, seht, was mit euch geschieht, wenn ihr euch mir widersetzt. Ihr habt die Chance und könnt euch mir anschließen, solange meine Armee durch das Land und die ganze Welt marschiert. Verneigt euch vor Herobrine, und ihr werdet verschont."

Nun zeigten die Fernseher wieder Bilder aus dem Hubschrauber. Innerhalb der Obsidianmauern bevölkerten Zombies, Creeper und Höhlenspinnen das Schulgelände. Die Schule spuckte immer mehr Monster aus.

„Meine Soldaten haben in den Schulen dieser Stadt Stellung bezogen. Bis Sonnenuntergang müsst ihr meinen Forderungen zustimmen. Danach wird meine Armee losmarschieren. Das war's."

Sämtliche Bildschirme erloschen gleichzeitig. Im Laden war es plötzlich völlig still. Jaina wurde eiskalt.

„Wir müssen los", sagte sie. „Bald wird es dunkel, und es gibt noch viel zu tun."

Kapitel 14

Bones hörte nicht auf zu zittern. Aber damit war er nicht allein. Hamid blickte starr vor Entsetzen auf den riesigen Enderdrachen zwei Blöcke vor ihm. Glücklicherweise schlief das riesige Ungeheuer. Die schuppigen Flanken seines massiven Körpers bewegten sich beim Atmen regelmäßig auf und ab.

Hamid nahm ebenfalls einen tiefen Atemzug, schluckte seine Angst hinunter und versuchte sich zusammenzureißen. Sie hatten in diese verfluchte Höhle hineingefunden, also würden sie hier auch irgendwie wieder herauskommen. In dieser Dunkelheit würde das sicher nicht einfach werden. Die Elytren, mit denen sie hierhin geflogen waren, waren durch den Zusammenstoß beschädigt, würden ihnen folglich nichts nutzen. Vorsichtig wie ein Einbrecher in der Nacht entfernte sich Hamid schleichend von dem Enderdrachen. Bones tapste lautlos neben ihm her.

Vor ihm schlug ein Gewirr aus Stacheln und Schuppen auf den Boden und ließ die Höhle erbeben.

Hamids Herz schlug so laut wie ein Zombie, der an eine Tür klopfte. Der Schwanz des Ungeheuers lag ihnen im Weg und vernichtete jede Hoffnung auf eine erfolgreiche Flucht.

Zwei violette Augen spähten aus der Dunkelheit.

„Wer wagt es, mich zu stören?“, dröhnte eine Stimme aus dem Dunkel.

Hamid blieb wie angewurzelt stehen. Bones fiepte wie ein verlassener Welpe.

Der Enderdrache war aufgewacht.

„Hat euer Meister euch geschickt, um noch mehr von mir zu erfahren?“ Der Drache türmte sich über ihnen auf und seine Purpuraugen wurden größer. „Ich werde euch nichts erzählen.“

Hamid versuchte verzweifelt, seine Stimme wiederzufinden. Er war in der Vergangenheit auf seinem Server schon öfter einem Enderdrachen begegnet, und das hatte stets böse geendet. Aber es hatte nie mit einem Gespräch begonnen. Das hier war etwas anderes. Es war real.

„Wir entschuldigen uns für unser unbefugtes Eindringen“, krächzte er. „Wir wollten gerade wieder gehen.“

„Ihr seid nicht seine Soldaten.“ Der Schwanz des Drachens kringelte sich und kreiste sie ein wie eine

Würgeschlange. Die Schwanzspitze tanzte in der Luft während er redete. „Nun gut, dann seid ihr eben mein Abendessen."

Bones brachte den Mut auf, den Drachen anzuknurren, als das Schwanzende vor ihnen hin und her schaukelte und schließlich neben Bones auf den Boden sank. Der kleine Hund schnappte nach der Schwanzspitze und bekam sie mit seinen scharfen Zähnen zu fassen.

Der Enderdrache zog seinen Schwanz zurück. Bones huschte an dem überraschten Ungeheuer vorbei und verschwand in der Dunkelheit. Hamid ergriff die Gelegenheit, duckte sich unter Drachenschwanz hindurch und rannte dem Hund hinterher.

Ohne auf irgendetwas zu achten, rannte Hamid nun durch die Schatten. Nun kam es nur noch aufs Entkommen an.

Er rannte wild in der Dunkelheit umher und suchte verzweifelt nach einem Ausgang. Der Drache hinter ihm stieß wüste Flüche aus. Die Höhle bebte, als das Ungeheuer sich auf die Beine stellte. Der Drache war jetzt vollends wach und ziemlich schlecht gelaunt.

Hamid krabbelte über Stapel von Endsteinen und betastete sie hektisch. Er war auf der Suche nach einer Mauer, einem Tunnel, nach irgendetwas, was er zwischen sich und das tödlichste Monster bringen konnte.

„Du kleiner Rotzbengel!“, donnerte der Enderdrache durch die Höhle. Bei jedem Schritt des mächtigen Monsters erzitterte der Boden. „Ich werde dir zeigen, wie sich ein Biss anfühlt!“

Bones kläffte, als stünde sein Fell in Flammen. Wie ein weißer Blitz schoss er durch die Höhle, dicht gefolgt vom aufgerissenen Maul des nach ihm schnappenden Enderdrachens. Das Biest bewegte sich mit der Gewandtheit einer Katze, doch sogar diese große Höhle beengte ihn. Bei jeder Drehung krachte sein dicker Schwanz in ein paar Endersteinstapel und schleuderte Blöcke und Staub durch die Luft. Bones flitzte zwischen den stämmigen Beinen des Drachens hindurch und wich den scharfen Klauen sowie dem herumwedelnden Schwanz aus. Hier unten war der Hund dank seiner geringen Größe und seiner Wendigkeit im Vorteil.

Hamid beobachtete die wilde Jagd aus dem Schatten. Der Enderdrache war hier nicht in seinem Element. Die Szene erinnerte ihn an einen furchterregenden Löwen, der in einem winzigen Käfig bei jeder Drehung gegen die Gitterstäbe stößt. Hamid war einem Enderdrachen noch nie im Untergrund begegnet. Sein Lebensraum war hoch oben über dem Ende, wo er herumschweben konnte, nicht hier unten in einer engen Höhle, wo er im Staub und in der Dunkelheit überall aneckte.

Ein dunkler Fleck, schwärzer als die Umgebung, fiel Hamid ins Auge. Vielleicht war es ein Tunnel oder ein Versteck. Bones Bellen tönte durch die Höhle, und es klang müde. Sehr lange würde er die Jagd nicht mehr durchhalten. Hamid rannte auf die dunkle Stelle zu und wich herumfliegenden Steinen aus. Nach ein paar Schritten berührte seine Hände eine Wand. Er tastete sich an der Wand entlang, bis er den Eingang zu einem niedrigen Tunnel fand. Hamid konnte gerade eben darin stehen, er wusste zwar nicht, wohin der Gang führte, aber zumindest war er fürs erste sicher. Doch Hamid konnte nicht allein loslaufen.

„Bones“, flüsterte er so leise wie möglich. „Hierher!“

Ein vertrautes Jaulen drang aus dem Dunkel.

Der Enderdrache stand plötzlich still. Hamid schielte aus dem Tunnelausgang und sah Bones in den scharfen Krallen des Monsters hängen. Der Hund zappelte und biss um sich, aber er konnte sich aus dem festen Griff nicht befreien.

„Hab dich“, brummte das Ungeheuer. „Du bist garantiert ein köstliches Häppchen.“

Hamid konnte kaum hinsehen, als der Drache den kleinen Hund über das weit aufgerissene Maul hielt.

Nur ein paar Schritte den Tunnel hinunter und Hamid wäre in Sicherheit. Das Monster hatte ihn offensichtlich vergessen.

Er könnte unbemerkt verschwinden und einen Weg nach oben, zurück zu seinen Freunden suchen. Hamid ging in den Tunnel. Hinter ihm winselte Bones kläglich. Bei diesem Geräusch wurden seine Beine schwer wie Steinblöcke. Auch Bones war sein Freund und hatte seit Beginn dieses Alptraums tapfer an ihrer Seite gekämpft. Er hatte ihnen schon so oft das Leben gerettet, dass Hamid es kaum noch zählen konnte. Doch wenn er bei ihm bliebe, würden sie wahrscheinlich beide gefressen werden. Wenn er jetzt nicht weglief, würde er sterben, gefangen in einer Höhle mit einem Enderdrachen.

Hamid wandte sich um und sah das Biest an. Wieso war es hier unten? Es gehörte nicht in diese Höhle. Seit wann versteckten sich Enderdrachen unter der Oberfläche? Eigentlich sollte er hoch über seinem Königreich fliegen. Hamid trat aus dem Tunneleingang.

„Halt, warte!“, schrie er. Der Kopf des Ungeheuers wandte sich um und richtete seine purpurfarbenen Augen auf Hamid. Angst überkam ihn, aber er lief nicht davon. „Ich glaube, ich kann dir helfen.“

„Mir helfen?“, fragte der Drache erstaunt. „Warum sollte ich die Hilfe von einem gezähmten Wolf und einem Jungen benötigen?“

„Weil wir einen gemeinsamen Feind haben.“ Hamid trat jetzt ganz aus dem Tunnel. Der Drache betrachtete ihn misstrauisch. „Du bist hier genauso gefangen wie wir.“

Das riesige Monster hielt Bones weiter fest in seinen Klauen.

„Sprich weiter“, erwiderte er.

Also erläuterte Hamid dem Enderdrachen seinen Plan.

* * *

„Dir ist doch klar, dass es nicht ganz ungefährlich ist, mit einem Drachen zu verhandeln, oder?“

Die Worte des Monsters dröhnten in der dunklen Höhle wie der Donner eines aufkommenden Gewitters.

„Nicht viel gefährlicher, als von einem gefressen zu werden“, sagte Hamid tapfer.

Er gönnte sich noch einen Bissen des warmen Brotes und fragte sich zum x-ten Mal, ob das wohl seine Henkersmahlzeit sei. Bones saß neben ihm und kaute an dem Bein eines Skeletts. Der Enderdrache hatte ihnen die Mahlzeit serviert. Hamid machte sich gar keine Gedanken darüber, wo der Drache Brot und Knochen im Ende aufgetrieben hatte. Im Moment ging es nur ums schlichte Überleben.

Das Monster dröhnte immer lauter, bis der Boden unter ihm erzitterte. Hamid brauchte eine Weile, bis er begriff, dass der Drache lachte.

„Ich habe nicht vor, dich zu verspeisen, Hamid aus der echten Welt.“ Der Enderdrache betrachtete sie beide mit seinen violetten Augen. „Aber einen Wolf hatte ich schon lange nicht mehr auf der Speisekarte.“

Bones fiel der Knochen aus dem Maul, er blickte zum Drachen auf und knurrte.

„Niemand wird hier gefressen.“ Hamid kraulte Bones Fell. „Wir haben eine Abmachung, du erinnerst dich?“

„Noch haben wir gar nichts.“ Das Ungeheuer grinste breit. „Du hast mir bisher nur erzählt, wie ihr hergekommen seid, aber noch nichts über deinen Plan, wie wir hier herauskommen können.“

Der Enderdrache saß ruhig auf dem Boden, während Hamid die ganze Geschichte erzählte, wie sie in die Welt von Minecraft gesogen worden waren. Der Drache hörte interessiert zu. Als Hamid den Diebstahl des Seeds erwähnte, weiteten sich seine großen purpurfarbenen Augen.

„Ich weiß von dem Seed“, sagte der Drache. „Du behauptest also, dass Herobrine ihn benutzt, um in eure Welt zu wechseln?“

„Er versteckt ihn in einer großen Festung hier im Ende.“

„Das ist meine Festung“, brummte des Monster. „Das erklärt einiges über Herobrines Betrug.“

„Betrug?“, fragte Hamid.

„Glaubst du vielleicht, ich bin freiwillig hier, Hamid aus der echten Welt?“ Der Enderdrache fuchtelte träge mit einer Klaue herum. „Aus welchem anderen Grund sollte ich, der König des Endes, in einer dunklen, feuchten Höhle vegetieren?“

„Das habe ich mich auch schon gefragt“, antwortete Hamid. „Deshalb wusste ich auch, dass du Bones nicht fressen würdest.“

„Ich habe nicht gesagt, dass ich deinen gezähmten Wolf nicht fressen werde.“

Hamid beeilte sich zu antworten, bevor Bones zur Mahlzeit wurde. „Was ich sagen wollte ist, dass du uns nicht fressen wirst, so lange wir dir helfen können.“

„Wieso glaubst du, dass ich Hilfe brauche?“

„Weil Zubon es mir gesagt hat."

Als er den Namen des violettäugigen Enderman hörte, senkte der Drache den Blick. Die Worte sprudelten nur so aus Hamid heraus, als er von Zubon erzählte, davon, wie Herobrine alle Stämme aufgewiegelt und nur Zubons Clan ihm die Gefolgschaft verweigert hatte.

„Er erwähnte auch, dass sein Meister verschwunden sei", fügte Hamid hinzu. „Ich nehme an, du bist der Meister."

„Das bin ich", sagte der Drache. „Wo ist Zubon jetzt?"

„Auf der Oberfläche, und er sucht noch immer nach dir."

„Schön zu hören. Die anderen wurden von den vierarmigen Scheusalen gefangengenommen. Herobrines Experimente haben die anderen Stämme der Endermen verdorben."

Hamid verschluckte sich fast an einem Stück Brot. „Experimente?"

„Diese vierarmigen Monster kommen nicht aus dieser Welt oder irgendeiner anderen Welt. Sie sind das Ergebnis von Herobrines dunklen Machenschaften in meinem Heim. Diesem Chaos muss Einhalt geboten werden."

„Also, haben wir eine Abmachung?", fragte Hamid und versuchte dabei, sich seine Angst nicht anmerken zu lassen.

Der Enderdrachen sah sie eine Weile nachdenklich an. Hamid fühlte sich förmlich in diese strahlenden Augen hineingezogen. Welches Chaos Herobrine auch immer heraufbeschworen hatte, die uralte Macht dieses Monsters war ihm mindestens ebenbürtig.

„Wenn Zubon euch vertraut, dann werde ich es auch tun", sagte der Enderdrache schließlich. „Aber wir sollten keine Zeit verlieren. Macht euch bereit, Hamid aus der echten Welt und Bones aus der Oberwelt. Wir werden auf eine Reise gehen."

* * *

„Ich bin so dumm gewesen", sagte der Enderdrache, als sie marschierten. „Ich habe mich von Herobrine und seinen Versprechungen einwickeln lassen."

„Was konnte Herobrine denn versprechen, was ein Enderdrache nicht hat?"

Der Drache lächelte. „Sagen wir einfach, er kannte meine geheimsten Sehnsüchte. Er hat mich zu einem Treffen gelockt, wo mich dann seine mutierten Soldaten ergriffen und mich hierhin verschleppten."

Hamid hatte das Gefühl, das ganze Ende durchwandert zu haben. Sein Gehirn drehte sich von all den Kurven und Serpentinen in diesem weitläufigen unterirdischen Gefängnis. Der Kerker des Enderdrachens bestand aus einem Irrgarten verschlungener Gänge. Aber das bedeutete nicht, dass er hier umherirrte. Hamid und Bones hatten große Mühe, seinen zielsicheren Schritten zu folgen. Er führte sie ohne einen einzigen Fehltritt oder eine falsche Abzweigung durch die Dunkelheit.

Plötzlich blieb er stehen. „Weiter kann ich nicht gehen."

„Was soll das heißen?" Hamid versuchte, seine Enttäuschung zu verbergen. „Ich dachte, du kommst mit uns."

„Sobald ihr euren Anteil an unserer Abmachung eingehalten habt, kann ich mich euch wieder anschließen. Bis dahin müsst ihr allein zurechtkommen."

Vor ihnen verengte sich der Tunnel aus Endsteinen so sehr, dass noch nicht einmal Bones hindurch schlüpfen konnte.

„Okay, aber wie?", fragte Hamid.

Der Enderdrache reckte seinen langen Hals weit nach oben und sie vernahmen das Geräusch eines brechenden Endsteins. Ein fahler Lichtkegel fiel von außen durch ein Loch in der Höhlendecke. Der Enderdrache drehte seinen Kopf und schielte mit einem seiner violetten Augen durch die Öffnung.

„Herobrine erlaubt mir nur, durch diesen einen Block großen Spalt zu blicken.“ Die Stimme des Drachens enthielt mehr Traurigkeit, als Hamid sich jemals hätte vorstellen können. „Ich kann keinen einzigen der anderen Blöcke, die die oberste Schicht meines Gefängnisses bilden, abbauen. Sonst hätte ich mir den Weg in die Freiheit schon längst gegraben.“

„Wieso hat er dir dann den einen Block erlaubt?“ fragte Hamid.

„Um mich zu quälen, um mich an all das zu erinnern, was er mir genommen hat“, erwiderte der Drachen tonlos. „Komm hoch und sieh selbst.“

Hamid sprang Block für Block die steile Wand empor. Bones hüpfte hinterher. Schnell waren sie auf Augenhöhe mit dem Enderdrachen und konnten durch das Loch in die Außenwelt blicken.

Sie befanden sich hoch über einer flachen Talmulde. Gegenüber stürzte eine steile Klippe aus Endsteinen in das Tal. Hamid kannte diese Gegend. Weiter hinten auf dem Bergrücken stand ein Schloss aus dunklem Stein.

„Herobrines Festung!“, bemerkte Hamid.

„*Meine* Festung“ korrigierte der Drache. „Herobrine ist nur der vorübergehende Bewohner einer Festung, die rechtmäßig mir gehört.“

Der Lichtstrahl des Seeds durchschnitt nach wie vor den dunklen Himmel über dem Schloss. Nun waren schon drei Türme aktiv. Herobrine war sehr fleißig gewesen, seitdem Hamid die Festung das letzte Mal gesehen hatte. Der zusätzliche Lichtstrahl brachte ihn der Endphase seiner Invasion noch näher. Der Strom weißäugiger Endermen auf dem Hauptstrahl ging in beide Richtungen unverändert weiter. Für jeden Soldaten, der das Ende verließ, kam ein anderer mit einem neuen Gefangenen auf seinen langen Armen zurück.

Der Enderdrache blickte sehnsüchtig auf den Turm. „Dort drinnen befinden sich der Schlüssel zu meiner Freiheit und auch der Seed, den ihr sucht. Folgt dem Bergrücken bis hin zu den Festungsmauern. Dort gibt es einen Eingang, von dem Herobrine wahrscheinlich noch nichts weiß. Aber bevor du und dein kleiner Hund dort hineingeht, um euch den Seed zu holen, müsst ihr euren Teil der Abmachung erfüllen.“

Hamid schluckte. Die Drohung hinter den Worten des Drachen war nicht zu überhören.

„Dieses Gefängnis, in dem ich sitze, wird von einem Zauber bewacht. In dem Turm befindet sich ein Raum mit blinkenden Blöcken. Die müsst ihr zerstören."

„Woher weißt du das? Du bist doch hier eingesperrt?", fragte Hamid.

Der Drache lachte leise vor sich hin. „Die Gehirne von Herobrines Soldaten sind kränklich. Es ist recht einfach, ihre Gedanken zu lesen. Sobald ihr die blinkenden Blöcke zerstört habt, kann ich die Mauern um mich herum durchbrechen."

„Und dann?"

„Dann wird Herobrine erleben, dass die einzige Sache, die gefährlicher ist als eine Abmachung mit einem Drachen, die ist, ihn zu einem Gefangenen zu machen."

Kapitel 15

„Soll ich das wirklich schreiben?“

Ant lehnte sich an den Kassentisch des Gadget City und hatte einen Stift in der Hand. Er betrachtete seine auf einen Gadget City-Notizblock gekritzelte Nachricht.

Lieber Leiter des Gadget City!

Wir haben uns ein paar Dinge ausgeliehen, um die Welt zu retten. Wir bringen sie bald zurück, ehrlich!

Jaina kam mit mehreren Schachteln und einem leeren Rucksack in ihren Armen aus der Computerabteilung zurück.

„Ja, mach das.“ Sie legte die Schachteln auf die Theke und öffnete die erste. „Wir leihen sie uns nur aus, wir werden sie nicht behalten, klar? Hilf mir mal, alles auszupacken und in den Rucksack zu stopfen.“

„Jawohl, Chefin!“, antwortete Ant und salutierte. Er schrieb ihre Namen auf den Notizzettel und klebte ihn an die Kasse. Dann begann er, die Verpackungen zu öffnen. „Ich bin immer noch der Meinung, wir sollten die Polizei mit Herobrine verhandeln lassen."

„Die Polizei hat doch überhaupt keine Ahnung", erwiderte Jaina. „Wenn sie ihn erwischen, werden sie ihre Zeit mit dem Versuch vergeuden, ihm seine Maske vom Gesicht zu reißen, um seine wahre Identität herauszufinden."

Sie zog einen Laptop aus einer der Schachteln, fuhr ihn hoch und begann, hastig auf der Tastatur zu tippen. „Nur wir wissen, wer Herobrine ist und nur wir können ihn aufhalten."

„Haben wir denn schon einen Plan?"

„Ich arbeite daran." Grüner Text auf schwarzem Hintergrund scrollte über den Bildschirm. Jaina lächelte. „Wir sind drin."

Ant blickte über Jainas Schulter auf den Monitor. „Wo drin?"

„Im Schulserver." Sie grinste breit. „Ich habe mich über ein Secure-Shell-Protokoll eingeloggt. Herobrine ist nur damit beschäftigt, Leute zu entführen, und hat dabei versäumt, neue Zugangsdaten einzurichten. Mein Benutzername und mein Passwort sind immer noch gültig."

Ant verfolgte den Text, der über den Laptop lief. Auch wenn er gewusst hätte, was diese Computercodes bedeuteten, sie rasten derart schnell, dass er sie ohnehin nicht hätte lesen können. Er hatte diese ganze nerdige Programmierung stets Hamid und Jaina überlassen.

„Soll das bedeuten, du kannst den Schulserver herunterfahren?“, fragte er. „Das hat Mr. Rodinaldo doch immer gemacht.“

„Das würde ich gern, aber leider hat nur er die Berechtigung dazu“, seufzte Jaina.

„Was machst du denn dann? Wo ist der Sinn?“

„Ich checke meine Nachrichten“, antwortete sie.

„Ich hätte nie gedacht, dass ich einmal zu dir sagen muss: ‚Hör auf mit dem Blödsinn, Jaina.‘ Wir haben jetzt wirklich keine Zeit, deine E-Mails zu checken.“

„Doch, haben wir. Wir haben eine Nachricht von Bano erhalten.“

Ein neues Fenster öffnete sich auf dem Display. Die Worte, die dort standen, verstand sogar Ant.

Hamid gefunden!

Er ist noch im Ende. Du sollst dich bereithalten.

Bano

„Hamid lebt!“ jubelte Jaina. Schnell tippte sie eine Antwort an den Dorfbewohner ein und drückte auf Senden.

„Bereithalten?“, murmelte Ant. „Für was?“

„Für alles.“ Jaina schnappte sich den Laptop und ging auf die automatischen Ausgangstüren zu.

„Das war sehr hilfreich.“ Ant eilte ihr hinterher.

Draußen stand die Sonne schon niedrig über der Skyline der Innenstadt. Bald würde es dunkel sein. Jaina lief mitten auf der Straße und schaute dabei auf das Display des Notebooks.

„Das habe ich mir gedacht“, sagte sie, als Ant sie eingeholt hatte. „Wir haben hier draußen WLAN und Zugang ins Internet.“

„Das ist neu“, antwortete Ant überrascht. „Hier hat es nie WLAN gegeben.“

„Jetzt schon, da sollten wir uns bei Herobrine bedanken. Der Hotspot ist in der Schule. Es ist derselbe Servername.“

„Das verstehe ich nicht.“ Ant kratzte sich am Kopf. „Herobrines Armee dringt in unsere Welt ein. Sie entführen unsere Freunde und Familien. Sie verschleppen sie ins Ende. Dann aber verstärkt unser alter Freund H. das WLAN-Signal der Schule, damit wir alle freies Internet haben?“

„Ja, das verstehe ich auch nicht.“ Jaina hielt Ant den Laptop entgegen, damit er den Bildschirm sehen konnte. „Aber genauso ist es.“

„Aber das passt doch überhaupt nicht zu ihm."

„Das macht er garantiert nicht, weil er so großherzig ist." Jaina klappte den Laptop zu und verstaute ihn im Rucksack bei den anderen Spielereien, die sie sich ausgeliehen hatte.

„Er plant schon die nächste Phase seiner Invasion", bemerkte Ant. „Das Verschleppen der Menschen war nur Teil eins."

Jaina schulterte ihren Rucksack. „Wir müssen in die Schule und die Computer herunterfahren."

„Und wie sollen wir das anstellen? Die Schule ist zu einer Festung geworden, falls du das vergessen haben solltest. Ich habe keine Idee, wie wir da hineinkommen sollen", sagte Ant.

„Das brauchst du auch nicht", grinste Jaina. „Das Superhirn bin ich."

„Und ich bin nur dein bescheuerter Handlanger?"

„Besser so, als der schleimbefallene Spinner, der du gewesen bist." Sie wich Ants scherzhaftem Hieb mit seinem Schaumstoffschwert geschickt aus. „Los jetzt, wir haben wenig Zeit."

Ant steckte seine Waffe wieder hinter seinen Gürtel. Seine Hand ruhte auf dem Griff von Hamids Schaumstoffschwert, das er an der anderen Hüfte trug. Als er die Waffe seines besten Freundes berührte, stürzten traurige Erinnerungen an den Nether auf ihn ein. Hamid wäre jetzt hier bei ihnen, wenn Ant nicht vom Alphaschleim infiziert worden wäre, und sie würden alle drei als Team gegen Herobrine kämpfen, wie sie es immer in Minecraft getan hatten. Aber er war ebenso eingesperrt wie viele ihrer Freunde und Familien. Erschöpfung übermannte ihn. Er wollte sich nur noch ausruhen und den ganzen Wahnsinn vergessen.

„Mach dir keine Vorwürfe, Ant. Was dir passiert ist, hätte jedem von uns passieren können", versuchte Jaina, ihn zu trösten. „Es ist nicht deine Schuld."

„Aber warum fühlt es sich so an?"

„Weil du zu streng mit dir bist, Anthony Thistle." Beim Klang seines vollen Namens richtete Ant sich auf. Jaina schaute ihm direkt in die Augen. „Das warst nicht du unter diesem Schleim. Du hast das alles nicht verursacht. Aber du kannst es aufhalten. Aber natürlich nur mit meiner Hilfe."

„Anders würde ich es auch gar nicht wollen." Ant rückte Hamids Schaumstoffschwert zurecht, damit es sicher hinter seinem Gürtel saß. Er würde es seinem Freund zurückgeben, und er würde Herobrine für alles bezahlen lassen.

Seine Erschöpfung war verflogen, als er mit Jaina die Straße herunterlief. Wenn sie sich beeilten, würden sie die Schule noch vor der Dämmerung erreichen. Ant wollte gar nicht daran denken, was wohl passieren würde, wenn es erst einmal dunkel war.

* * *

Bei Sonnenuntergang kamen die Blöcke in Wellen.

Sie waren bis zum Westlake-Einkaufszentrum gelaufen, als sie beide plötzlich stehenblieben.

„Was passiert da mit den Autos?“, fragte Ant entgeistert.

In der Ferne auf dem kleinen Parkplatz veränderten sich die Fahrzeuge. Ein Auto nach dem anderen verlor seine weiche Silhouette und die runden Räder. Alles verwandelte sich in scharfkantige Würfel. Auch die Bäume am Straßenrand veränderten sich. Innerhalb von einer Minute wurden aus den normalen Bäumen mit ihren runden Stämmen kleine blockige Türme, gekrönt von scharfkantigen, grünen Würfeln.

„Alles wird zu Minecraft“, sagte Jaina.

Wie eine unaufhörlich vorrückende Flutwelle kroch die Verwandlung näher. Sie schwappte über das Einkaufszentrum und veränderte seine runden Fenster und das Glaskuppeldach in die architektonische Traumkonstruktion eines Würfelfans. Abgerundete Kurven und Bögen verschwanden, als die gesamte Landschaft zu einer Minecraftversion ihrer selbst wurde.

„Das also war Herobrines Plan!“ Jaina drehte sich zu Ant um. „Deshalb hat er das Signal des Schulservers verstärkt. Er verwandelt unsere Welt in seine.“

Die Welle der Verwandlung rollte immer näher und überspülte jetzt einen Kleinlaster.

„Sollen wir weglaufen?“, fragte Ant unentschlossen.

„Nein!“ Jaina ging auf den Parkplatz und zog ihr Schaumstoffschwert aus ihrem Gürtel. „Wir werden kämpfen.“

„Ich würde lieber weglaufen“, seufzte Ant und stellte sich neben Jaina. „Aber ich würde Herobrine auch gern den Hintern versohlen.“

Die Welle überrollte sie. Sie spürte ein vertrautes Summen in ihrem Kopf, und die Klinge in ihrer Hand verwandelte sich von einem Schaumstoff- zu einem Diamantschwert. Vor ihr stand Ant, blockig und lächelnd. Sie brauchte keinen Spiegel, um zu wissen, dass auch sie jetzt zu ihrer Minecraftfigur geworden war.

„Es hat funktioniert.“ Ant betrachtete seinen neuen Körper und lachte. „Das erinnert mich daran, wie wir zum ersten Mal auf dem Server gelandet sind.“

„Ja, aber jetzt ist der Server bei uns gelandet."

Jaina blickte sich um. Gebäude, Bushaltestellen, Bäume und Sträucher waren alle als Würfel aufeinandergestapelt. Die ganze Straße war ein einziges Minecraftbauwerk. Sie fühlten sich wie in einem Schülerprojekt über ihre Gemeinde. Immerhin war es ihre Gemeinde und sie wusste, wohin sie zu gehen hatte.

„Lass uns verschwinden", sagte sie. „Die Sonne steht schon hinter Häusern. Bald wird es dunkel sein."

Sie hatten gerade die Hälfte des Parkplatzes überquert, als die ersten Zombies auftauchten. Sie tapsten aus dem Parkhaus des Einkaufszentrums, schlugen die Glastüren des Einkaufszentrums ein, quollen die Treppen hinunter und kamen Jaina und Ant immer näher.

„Herobrine hat seine Armee mit Untoten aufgerüstet." Jaina versteckte sich schnell hinter einem verlassenen Auto.

Ant eilte ihr hinterher. „Also gut, können wir *jetzt* weglaufen?"

„Wir könnten, aber dann müssten wir uns mit denen dort beschäftigen." Jaina deutete nach hinten, wo weitere Zombies die Straße zu ihnen heraufdrängten.

„Zombies von allen Seiten." Ant lehnte sich gegen das Auto. „Ich mochte das Einkaufszentrum noch nie."

„Ich auch nicht." Jaina zog ihr Schwert. „Aber ich habe auch nicht vor, hier zu sterben."

Ant zückte das zweite Schwert. Jetzt, da ihre Welt aus Blöcken bestand, waren ihre Klingen auch nicht mehr aus Schaumstoff. Ihre Diamantschwerter leuchteten in der Dunkelheit hellblau auf.

„Glaubst du, die funktionieren jetzt?"

„Das werden wir gleich herausfinden." Jaina linste über das Autodach. Die Zombies hatten den Parklatz halb hinter sich gebracht. Einem Tsunami gleich marschierten sie voran, trügerisch langsam und absolut tödlich.

Glassplitter regneten von dem Kleinlaster neben ihnen. Auf dem Wagendach standen jetzt zwei Zombies. Es war unter ihrem Gewicht zusammengebrochen. Die Zombies sprangen vom Auto und kamen auf Jaina zu. Ihre verrotteten Arme waren nur noch ein paar Zentimeter entfernt.

Ant stürmte hinter ihr hervor, sprang den Monstern mit erhobenem Schwert entgegen und schlug auf die Biester ein. Die scharfe Diamantklinge durchschnitt die Zombies, die zu einem vermodernden Haufen zerfielen.

„Ich denke, die Schwerter funktionieren." Jaina blickte Ant an. „Danke."

„Immer wieder gern“, schmunzelte Ant.

Das Auto vor ihnen erbebte, als wäre eine Rakete in es eingeschlagen. Zombies kletterten über das Wagendach. Jaina wirbelte herum und sah sich drei Angreifern gegenüber. Die Apokalypse der Zombies war eingetroffen.

Rücken an Rücken hackten Jaina und Ant auf die Untoten ein, die über sie hereinstürzten. Mit jedem erschlagenen Zombie erschienen zwei neue direkt hinter ihm. In ihrem unteren Blickfeld sah Jaina ihre Herzen verschwinden, als die Monster ihre Verteidigungslinie durchbrachen.

„Wir können sie nicht aufhalten!“ rief sie.

„Wo kommen die nur alle her?“ knurrte Ant. „Sie erscheinen einfach aus dem Nichts.“

Es waren viel mehr Zombies als diejenigen, die sie aus dem Einkaufszentrum hatten herausströmen sehen. Jaina erlegte einen weiteren untoten Angreifer und schlug damit eine kleine Schneise durch die verfaulten Körper. Hinter dem Auto stürmte eine neue Welle an Monstern wie aus dem Nichts auf sie zu.

„Sie spawnen irgendwo“, sagte Jaina. „Darum hat Herobrine unsere Stadt in Minecraft verwandelt.“

„Er kann jetzt also so viel Zombies aus dem Ärmel schütteln, wie er will?“

Jaina nickte. „Er hat es irgendwie geschafft, unsere Welt in seinen eigenen persönlichen Minecraftserver zu verwandeln."

„Wir müssen hier weg." Ant wandte sich vom Einkaufszentrum ab. „Komm mit!"

Er drängte sich mitten in die Masse der heranwälzenden Untoten und ließ sein Schwert mit jedem Schritt um sich kreisen. Die Zombies fielen um wie Getreidehalme unter einem Mähdrescher. Jaina war einen Schritt hinter ihm und schwang ihr eigenes Schwert. Schließlich hatten sie sich durch den Monsterhaufen durchgeschlagen und erreichten offenes Gelände.

„Renn!", rief Ant.

Sie stürzten über die Straße. Die Zombies spawnten weiter aus dem Nichts und folgten ihnen wie Hunde, die Witterung aufgenommen hatten. Sie hatten fast das Ende der Straße erreicht, als plötzlich ein strahlend helles Licht den nächtlichen Himmel durchbrach. Das hämmernde Geräusch von Hubschrauberrotoren ertönte über ihren Köpfen. Plötzlich standen sie im Lichtkegel des Helikopters und Jaina konnte seine Aufschrift erkennen: „Kanal 57 – Nachrichten".

„Sieht so aus, als kämen wir ins Fernsehen."

Der Hubschrauberscheinwerfer folgte ihnen, als sie den Bürgersteig entlangliefen. Auf der Straße vor ihnen tauchten immer mehr Zombies auf und schlossen sich der langsam vorrückenden Armee der Gehirnfresser an.

„Wir laufen genau auf sie zu in einen Kampf, den wir nicht gewinnen können."

„Also dann, weg von der Straße!" Ant schlug einen Haken und lief in einen spärlich beleuchteten Weg, der sich durch einen Park voller blockiger Bäume schlängelte. Obwohl alles aussah wie in Minecraft, erkannte Jaina sofort, wo sie sich befanden. Die Schule war nicht weit. Es war von Anfang an ihr Plan gewesen, zur Schule zu gelangen, allerdings hatte sie nicht damit gerechnet, das Fernsehen und eine Polonaise aus Untoten hinter sich her zu ziehen.

Plötzlich fanden sie sich in einem breiten Innenhof wieder. Apartmenthäuser ragten in den Nachthimmel und säumten den Platz. Die Zombies liefen weiter auf der Straße entlang. Der Hubschrauber war noch immer zu hören, hatte aber offensichtlich ihre Spur verloren.

Sie waren allein. Für den Augenblick.

Ant rüttelte an der Eingangstür des erstbesten Gebäudes. Sie ließ sich nicht öffnen. Er lief über den

Hof zu einem anderen Haus. Auch dieses war verschlossen.

„Es hat keinen Sinn. Wir kommen hier nicht rein, so lange wir hier nicht wohnen."

„Es bringt auch nichts, sich hier zu verstecken. Wir müssen in die Schule und den Server abschalten", sagte Jaina.

„Das werden unsere fauligen Freunde aber nicht zulassen."

Mitten auf dem Hof spawnten Zombies aus dem Nichts. Hinter ihnen tauchten einige hünenhafte, grüne Gestalten in der Dunkelheit auf.

„Creeper", murmelte Ant grimmig. „Ich hasse Creeper."

Geräuschlos kamen die Creeper näher. Zombies umzingelten sie von allen Seiten. Es waren zu viele, um mit ihnen zu kämpfen, und es war kein Ausweg in Sicht. Jaina umgriff ihr Schwert fester und betrachtete die herannahenden Monster.

„Wenn du irgendwelche Ideen hast, wäre jetzt der richtige Zeitpunkt, sie mir mitzuteilen."

„TNT", flüsterte Ant.

„Wir haben kein TNT, Ant", knurrte Jaina.

Ant zeigte nach oben. „Doch, haben wir."

Rot-weiße Würfel fielen von einem der Balkone

und blinkten, während sie an Höhe verloren. Jaina warf sich noch rechtzeitig auf den Boden, bevor die Explosion den Innenhof erschütterte. Zombie- und Creeperteile flogen durch die Luft. Als sich der Rauch lichtete, erschien ein großer Krater mitten auf dem Platz, wo noch kurz zuvor Monster gestanden hatten.

Die Eingangstür eines Wohnhauses wurde aufgerissen und drei blockige Gestalten mit Schwertern in den Händen huschten aus der Tür und nahmen sich die restlichen Monster vor.

„Wer sind denn die?“, fragte Ant überrascht.

Jaina stand verblüfft auf der Stelle und schaute den geheimnisvollen Minecraftfiguren beim Abschlachten der Zombies zu.

„Ich habe keine Ahnung.“

Kapitel 16

Hamid vermied den Blick nach unten.

Unten wartete der Tod, oben aber war es auch nicht viel besser. Der Vorsprung, der aus der Höhle des Enderdrachens und entlang des Berges führte, war nur einen Block breit und sehr hoch. Tief unter ihm wirkten die gelben Endsteinziegel wie eine riesige Pfütze Erbrochenes. Hamid war eh schon schlecht.

Behutsam wie ein Hochseilartist lief er den schmalen Bergpfad entlang. So brachte er den Weg zu Herobrines Festung ohne Pause hinter sich. Nun musste er nur noch die Mauern erklimmen, in die Festung eindringen und die Welt retten. Keine große Sache also.

Über ihm streckte Bones sein Fellköpfchen über die aufragende Obsidianmauer. „Ich komme schon", murmelte Hamid. „Ich wusste nicht, dass auch noch eine Bergziege in dir steckt."

Aufgeregt lief der Hund auf der schmalen Mauer hin und her, während er darauf wartete, dass Hamid aufschloss.

Die Festung des Enderdrachens türmte sich hoch über ihnen auf. Das Licht aus dem Zentralturm und den drei Ecktürmen warf gespenstische Schatten gegen die Endsteinberge. Tief unter ihnen auf dem Talboden marschierten Endermen in einer langen Reihe noch immer in den Turm. Hamid hoffte, sie würden nicht nach oben blicken und entdecken, wie er „Spiderman an der Festungsmauer" spielte. Er verdrängte seine Angst vor einer Gefangennahme und kletterte nach oben zu Bones.

Der kleine Hund wedelte freudig mit seiner Rute, als Hamid sich neben ihm aufrichtete.

„Okay, Bergziege, zeig mir, was du gefunden hast."

Hamid folgte dem Hund auf der schmalen Mauer, die sich an der Rückseite des Berges entlangschlängelte. Vor einem großen Felsspalt im Stein blieb der Hund sitzen und wartete auf ihn.

„Das wird die Öffnung sein, die der Drache erwähnt hatte!" Hamid knuffte den Hund. „Guter Bones, ich wusste, du würdest den Eingang finden."

Unter ihnen bewegte sich etwas, was Hamids Aufmerksamkeit erregte. Von hier aus konnte man die Landschaft hinter Herobrines Festung sehen. Eine flache Ebene aus Endsteinen erstreckte sich bis an den Horizont. Hohe Obsidianmauern unterteilten die Ebene in vier große Areale. Vierarmige Endermen patrouillierten auf den Mauern. In den Arealen selbst befand sich, streng bewacht von den Endermen, Herobrines Beute aus der wirklichen Welt.

„Menschen!“ Hamid rang nach Luft.

Drei der vier Bereiche waren vollgepackt mit Polizisten, Feuerwehrleuten und anderen Menschen, die hin und her liefen und sehr verwirrt wirkten. Der vierte Abschnitt war noch nicht ganz voll, würde es aber bald sein. Ein Enderman nach dem anderen kehrte aus der realen Welt zurück und lagerte dort einen weiteren frisch von der anderen Seite verschleppten Menschen.

„Vier Areale für die vier Ecktürme der Festung“, sagte Hamid. „Ich könnte wetten, dass ein Eckturm aufleuchtet, sobald ein Abschnitt mit Menschen aus unserer Welt gefüllt ist.“

Bones schielte neben Hamid um die Ecke und begann zu knurren. Unaufhörlich transportierten die Endermen weitere Opfer in das vierte Areal. Bald würde auch dieses komplett voll sein, alle Türme würden aufleuchten, und Herobrine wäre in der Lage, für immer in die wirkliche Welt zu wechseln.

Hamid trat zurück, schlüpfte durch den Spalt und wurde von der Dunkelheit der Festung verschluckt.

Der Spalt wurde breiter und erweiterte sich zu einem Pfad, sodass sie bequem nebeneinanderlaufen konnten. Schnell wurde der Durchgang zu einem glattgewandeten Flur, an dessen Ende eine stabile, eiserne Tür ihnen den Weg versperrte. Flur und Tür waren mehrere Blöcke hoch. Groß genug für einen Enderman, stellte Hamid fest.

Von der anderen Seite schien Licht unter der Tür hindurch und erleuchtete den Boden, sodass Hamid dort eine Steindruckplatte erkennen konnte. Er betrat sie, und die Tür schwang auf.

„Das ging schon einmal gut“, flüsterte Hamid Bones ins Ohr. Der Hund winselte leise und ging einen Schritt von der Tür weg. Hamid zuckte unentschlossen mit den Schultern. „Man muss das Glück ergreifen, wo es sich anbietet.“

Behutsam ging er durch die Tür. Bones zögerte noch, flitzte dann aber hinter ihm durch die Tür, kurz bevor sie hinter ihnen zufiel. Sie standen in einem winzigen Raum, an dessen entgegengesetzter Wand sich ein Zugang befand. Hamid spähte hindurch und sah einen langen Korridor.

„Vorwärts“, forderte er Bones leise auf und verließ den Raum. Während sie durch den Korridor schlichen, versuchte sich Hamid daran zu erinnern, was der Enderdrache ihm über diesen Ort erzählt hatte. In der Mitte des Turms befand sich eine Säule, die den Weg nach oben öffnete. Um diese herum war ein Netzwerk aus Fluren und Räumen angelegt. Viele von ihnen waren so klein, dass der Enderdrache sie gar nicht betreten konnte, aber er hatte ihre Lage so genau beschrieben, als wäre er viele Male darin umhergelaufen.

Die mittlere Säule war ihr Ziel. Herobrine versorgte sich dort mit der Energie des Seeds. Nicht weit davon entfernt befanden sich die blinkenden Blöcke, die dafür sorgten, dass der Enderdrache in seinem unterirdischen Gefängnis gefangen blieb. Aber zuerst mussten sie zur Hauptsäule vordringen. Was dann geschehen würde, war alles noch ungewiss und verschwommen. Ungewissheit aber war nicht wirklich der Plan, den Hamid brauchte, um Herobrine zu besiegen.

Auf einer Seite öffnete sich der Korridor zu einem Durchgang. Hamid war so sehr damit beschäftigt, nach herumlungernden Endermen Ausschau zu halten, dass er ihn beinahe übersehen hätte. Er gab Bones zu verstehen, vor dem Eingang zu warten und ging durch die Öffnung. Er gelangte auf einen Balkon, von dem aus man einen größeren Raum überblickte. Während Bones Wache stand, schielte Hamid über den Balkon.

Der Raum war hell erleuchtet. Glowstoneblöcke waren im Boden und in den Wänden eingelassen und erleuchteten den gesamten Raum. In der Mitte des Raums stand eine kleinere Y-förmige Konstruktion mit drei Eingängen, zwei an den oberen Enden des Ys, eine am unteren Ende. Redstonkabel verliefen über die Konstruktion und führten zu Blöcken mit winzigen, blinkenden Lichtern. Es schien eine Art Maschine zu sein. Waren dies die blinkenden Blöcke, die den Enderdrachen zu einem Gefangenen machten?

Durch einen recht hohen Zugang betraten Endermen in einer langen Reihe den Raum. Sie sahen ganz normal aus, hatten zwei Arme und violette Augen, aber genau das machte sie sonderbar. Alle herobrinetreuen Endermen hatten weiße Augen, so wie die auf dem Lichtstrahl in die wirkliche Welt reisenden Gestalten. Diese Endermen waren nicht Herobrines Gefolgsleute, sondern seine Gefangenen. Wie die Menschen aus der wirklichen Welt waren sie hierherverschleppt worden. Hamid fröstelte. Er hatte Zubons verschwundenen Clan gefunden.

Die gefangenen Endermen setzten ihren Marsch auf die fremdartige Maschine fort. Kurz vor ihr teilten sie sich in zwei Reihen, die zu jeweils einer der oberen Öffnungen an der Y-förmigen Maschine führten. Zwei Endermen traten gleichzeitig in je eine Öffnung. Die Maschine leuchtete auf, rauschte und summte. Sekunden später verstummten die Geräusche. An der unteren Öffnung kam ein einzelner Enderman heraus. Die Kreatur war lang, mitternachtsblau, hatte weiße Augen und vier Arme. Das Monster schwirrte zur anderen Seite des Raums und verschwand durch den einzigen anderen Ausgang. Die nächsten zwei Kandidaten begaben sich in die Maschine, und die ganze Prozedur ging wieder von vorn los. Jetzt ergab alles einen Sinn. Die vierarmigen Geschöpfe waren Mutationen der gewöhnlichen violettäugigen Endermen. Zubons Leute waren zu mutierten Monstern geworden. Hamid wusste, wer dahinter steckte. Dafür würde Herobrine bezahlen müssen. Hamid schüttelte sein Entsetzen ab und verließ die Mutationskammer. Bones schlich leise hinter ihm her.

Sie mussten sich beeilen. Der Seed und der blinkende Block, der den Drachen gefangen hielt, konnten nicht mehr weit sein. Der Korridor verzweigte sich in verschiedene Richtungen. Hamid entschied sich schnell für eine. Seine Gedanken kreisten noch immer um das Unfassbare, das er soeben mitangesehen hatte. Die beiden durchquerten ein Labyrinth von Fluren in der Drachenfestung. Bald standen sie vor dem Eingang in den bisher größten Raum. Hamid schlich dorthin und spähte vorsichtig hinein.

Die Wände streckten sich unendlich in die Höhe. Man konnte die Decke nicht sehen. Überall gab es offene Balkone, die den Raum in mehrere offene Ebenen aufteilten. Mitten im Raum, nur ein paar Blöcke entfernt, schwebte der Seed in der Luft, drehte sich schnell um sich selbst und sandte einen Lichtstrahl gen Himmel. Hamid hatte die zentrale Turmsäule der Festung gefunden.

Aber er hatte auch eine große Menge an Endermen gefunden. Zwei vierarmige Mutanten bewachten den sich drehenden Seed. Auf jeder Ebene des Turmes bevölkerten weitere Wächter die umlaufenden Balkone. Eine lange Reihe weißäugiger Soldaten stand vor dem Lichtstrahl des Seeds. Einer nach dem anderen trat in das Licht und schwebte empor, bis er nur noch als kleiner Punkt auszumachen war. Gleichzeitig glitt ein weiterer Strom Endermen mit entführten Menschen auf den Armen den Lichtstrahl herunter. Die zurückkehrenden Soldaten verließen den Lichtkegel des Seeds und verschwanden mit ihrer Fracht. Hamid war sicher, dass sie in den eingezäunten Arealen, die er kurz zuvor entdeckt hatte, wieder auftauchen würden. Dort würden sie ihre Opfer einsperren, um dann wieder aufzubrechen und neue Beute in der wirklichen Welt zu machen. Jeder neue Gefangene führte dem vierten Eckturm weitere Energie zu.

Ein einzelner Block in einer Ecke des Raums, weit entfernt von dem Seed und den Monstern, erregte Hamids Aufmerksamkeit. Er dachte zunächst, der Block läge zufällig herum und sei dort vielleicht von Herobrines Soldaten vergessen worden. Aber als Hamid das blinkende Licht bemerkte, wusste er, dass dieser Block mit Absicht dort hingestellt worden war. Er war von entscheidender Bedeutung für Herobrines Erfolg.

„Ein Befehlsblock", flüsterte er Bones zu.

Mit angelegten Ohren beäugte der Hund den blinkenden Block, von dem der Enderdrache gesprochen hatte. Es war kein Zauber, der den Drachen daran hinderte, sein Gefängnis zu sprengen, es war ein Computercode. Dieser Befehlsblock verwaltete den Code. Wenn es Hamid gelänge, den Block zu zerstören, könnte der Enderdrache sich befreien.

In der Raummitte kam Unruhe auf und lenkte Hamids Aufmerksamkeit vom Befehlsblock ab. Das Licht des Seeds wurde so hell, dass Hamid seine Augen mit den Händen abschirmen musste. Innerhalb des Seeds bewegte sich etwas. Eine neue Lichtquelle drehte sich um die vom Seed generierten langen Zahlenreihen. Sie drückte gegen seine Oberfläche, brach schließlich heraus und nahm Gestalt an.

Ein Körper formte sich. Beine und Arme streckten sich heraus und ein Gesicht erschien. Weiß lodernde Augen blendeten den gesamten Raum. Eisige Kälte brach mit der Wucht eines berstenden Eisberges über Hamid herein. Herobrine war gekommen. Seine leeren Augen richteten sich auf den Eingang.

„Komm rein, Hamid, ich habe dich schon erwartet." Herobrine grinste siegessicher. „Und bring deinen kleinen Hund gleich mit."

Hamid kauerte im Schatten, unfähig sich zu rühren. Bones winselte leise neben ihm. Ein summendes Geräusch direkt hinter ihm ließ ihn aufschrecken. Ein vierarmiger Mutant starrte auf ihn herab.

Hamid verfluchte sich. Was für ein Idiot war er doch gewesen, den Raum so lange sorglos zu beobachten.

Vor ihm gingen Himmelfahrt und Rückkehr der Endermen unbeirrt weiter. Herobrines Invasion ließ sich nicht von so etwas Unwichtigem wie einem kleinen Eindringling aufhalten.

„Mach dir keine Vorwürfe, Hamid", sagte Herobrine hämisch. „Du hast es immerhin bis in den Turm geschafft. Allerdings muss ich zugeben, dass ich meine Soldaten angewiesen habe, dich eindringen zu lassen."

Hamid erhob sich. „Du wusstest, dass ich komme?"

„Aber natürlich."

Herobrine trat vom Seed zurück und stellte sich an eine Steuerungskonsole. Redstoneschaltkreise erstrahlten auf dem niedrigen mit Knöpfen und Hebeln bedeckten Tisch. Über dem Bedienfeld befand sich eine mit Gemälden behangene Wand. Allerdings verblassten die Gemälde, als Herobrine sich ihnen näherte. Eine Sekunde später erschienen Bilder in den Rahmen, und die Wand sah nun aus, als sei sie voller Fernseher. Jeder Bildschirm zeigte eine andere Welt aus Blöcken, Städte, Autos, ganze Nachbarschaften. Es wirkte wie eine Zusammenstellung aus zufällig aufgestellten Überwachungskameras. All diese Minecraftbauwerke hatte Hamid noch nie gesehen, und doch kamen sie ihm irgendwie vertraut vor. Ein breites Grinsen lag auf Herobrines Gesicht.

„Du kennst diesen Ort, nicht wahr?"

Hamid starrte von der Tür aus auf die Bildschirme. Die Straßen waren blockig und gleichzeitig real. Er erkannte das Westlake-Einkaufszentrum und die Straßen unweit seiner Schule. Hatte jemand seine

Heimatstadt in Minecraft nachgebaut? Es waren auch Leute zu sehen, die die Straßen entlangrannten. Echte Menschen, ganz und gar nicht blockig. Endermen umschwirrten sie, packten sie und verschwanden mit ihnen.

Äußerst zufrieden betrachtete auch Herobrine diese Bilder. „Klappt doch alles vorzüglich. Würdest du mir da nicht zustimmen, Hamid?"

Hamid biss sich auf die Lippe. Der vierarmige Mutant neben ihm beobachtete ihn genau. Eine winzige Bewegung, und er hätte ihn ergriffen. Zu seinen Füßen knurrte der kleine Hund, sein Fell sträubte sich kerzengerade.

„Sieh mal, was ich gefunden habe!" Herobrine drückte auf einen Knopf.

Auf dem größten Bildschirm erschien eine neue Szene. Zwei Minecraftfiguren rannten über eine leere Straße. Die Kamera verfolgte sie aus der Vogelperspektive und zeigte, wie die beiden Figuren die Straße verließen und in einen von Bäumen umsäumten Weg abbogen. Sie gelangten auf einen von hohen Apartmenthäusern umgebenen Innenhof. Hamid erkannte seine Freunde sofort. Er biss sich verzweifelt noch stärker auf seine Lippe, bis der Schmerz in seine Ohren drang und ihn davon abhielt, den Bildschirm anzuschreien. Jaina und Ant verharrten in dem Innenhof und sahen verängstigt und ziemlich verloren aus. Herobrines Augen loderten.

„Sollen wir ihnen nicht ein paar Freunde zum Spielen schicken, was meinst du?“ Herobrine drückte einen Knopf auf seinem Bedienfeld. „Zombies und einige Creeper wären doch nett, oder?“

Wie aus dem Nichts erschienen Horden von Monstern an den Ecken des Innenhofes. Sie lauerten auf seine Freunde, die noch nicht ahnten, was auf sie zukam.

„Halt!“ Hamid trat aus der Türöffnung. Der Enderman neben ihm kam noch näher. Seine weißen Augen fixierten Hamid. „Bitte.“

„Also gut.“ Herobrine seufzte, drückte auf einen Knopf, und die Bildschirme erloschen. „Weil du mich so freundlich darum gebeten hast. Die Show geht weiter. Ich werde sie mir später ansehen.“ Herobrine richtete seine leuchtenden Augen auf Hamid. „Ich hoffe, du hast verstanden, dass ich alles sehe. Ich weiß alles. Hast du wirklich geglaubt, du und dein Hund könntet euch unbemerkt in meinem Reich bewegen?“

„Das ist nicht dein Reich“, antwortete Hamid bestimmt. „Hier gibt es Kräfte, die viel älter sind als du, Herobrine. Sie gehören nicht in ein Gefängnis, sie verdienen es, frei zu sein.“

„Da hat ja jemand alten Drachengeschichten zugehört." Herobrines Augen leuchteten hell. „Du kannst dem alten Dummkopf nicht helfen. Er ist Vergangenheit. Ich bin die Zukunft. Du bist hier im Ende, um meinen Platz einzunehmen. Du bist hier, um mir zu helfen, weißt du noch?"

„Ich werde dir niemals helfen!"

„Aber das hast du doch schon getan."

Herobrine deutete auf den Seed hinter ihm. In seinem Lichtstrahl kehrten noch immer Endermen aus der wirklichen Welt zurück und trugen jeweils einen zu einer Statue erstarrten Menschen in ihren Armen.

„Meine Ernte ist fast vollständig eingefahren. Sehr bald wird genug Energie bereitstehen, um mich in eure Welt zu tragen. Du wirst mich während meiner Abwesenheit vertreten."

„Das wird niemals passieren", erwiderte Hamid.

„Es wird, Hamid", sagte Herobrine selbstsicher. „Und du wirst einen Platz in der ersten Reihe haben. Aber jetzt ist es Zeit für dich zu gehen."

Der Enderman neben Hamid trat näher und streckte seine Arme nach ihm aus. Schmerzen durchzuckten ihn, als das Monster ihn packte. Von irgendwo hörte er Bones bellen, als stünde sein Fell in Flammen.

Dann wurde alles dunkel.

Kapitel 17

Die Fremden waren gute Kämpfer.

Mit den geheimnisvollen Minecraftern an ihrer Seite besiegten Jaina und Ant die Zombies und Creeper problemlos. Innerhalb kürzester Zeit war der Innenhof am Rande der Apartmenthäuser befreit. Nur noch einige in der Luft schwebende Partikel aus Zombieresten und Schießpulver erinnerten daran, dass hier eine Schlacht stattgefunden hatte.

Jaina betrachtete die Neuankömmlinge genauer, die in den dunklen Hofecken noch nach verbliebenen Monstern Ausschau hielten. Es war eine bunt zusammengewürfelte Schar Minecrafter in unterschiedlichen Avatarlooks. Von verrückten Frisuren bis zu Tiergesichtern war jede Spielfigur einzigartig, und Jaina wusste, dass sie unter Gleichgesinnten war.

„Leute, ihr seid gerade rechtzeitig gekommen“, sagte sie, nachdem die Fremden die Umgebung gesichert hatten.

„Ein paar Minuten später, und wir wären zu Zombiefutter geworden", fügte Ant hinzu.

„Kein Problem", sagte der mit dem Eidechsengesicht. „Ich bin CosmicDrake137, aber ihr könnt mich einfach Cosmic nennen." Er deutete auf den blonden Kerl im Smoking und auf das Mädchen mit den wilden Haaren. „Das sind Jack1225 und seine Schwester Emily606."

„Hallo Leute", sagte Jack1225.

Emily606 winkte kurz, sagte aber nichts.

„Ich bin MikeyTyrant", stellte sich der Minecrafter mit der Sonnenbrille vor. Er zeigte auf ein Mädchen mit einem lachenden Katzengesicht. „Und das ist Joop2709."

„Alle sagen Joop zu mir."

„Ich heiße Jaina, und das ist Ant."

„Danke, dass ihr uns mal eben das Leben gerettet habt", fügte Ant hinzu.

„Warum seht ihr aus wie Minecraftfiguren?" Jaina hatte sich gerade erst daran gewöhnt, ein blockiger Minecraftavatar in der wirklichen Welt zu sein. Mit der Tatsache, dass ihre Heimatstadt in eine große Welt aus Blöcken verwandelt worden war, konnte sie sich noch nicht so recht anfreunden. Aber das nun auch noch völlig Fremde, die aussahen, als seien sie gerade aus dem Spiel gesprungen, in ihrer Nachbarschaft herumliefen, verwirrte sie.

„Das könnten wir dich auch fragen." Jack1225 grinste. „Warum seid ihr eigentlich so blockig?"

„Wir sollten ihnen die Wahrheit sagen", mischte Emily sich ein. „Ehrlich gesagt, wir wissen es nicht."

„Wir spielten alle auf meinem Server", ergriff Cosmic das Wort. „Ich arbeitete gerade an meinem neuesten Minecraft-Minigame, dann wurde ich plötzlich ausgeloggt und sah genau so aus."

So bedeutete in diesem Fall blockig.

„Mit mir ist dasselbe passiert", sagte MikeyTyrant. „Ich wohne zwei Stockwerke über Cosmic. Wir spielten auf demselben Server und plötzlich, bumms, stand ich neben meinem Computer und sah aus wie meine eigene Spielfigur."

„Bei uns war es genauso. Jack und ich bearbeiteten gerade in meinem Garten Cosmics Server. Da war plötzlich ein Blitz und danach sahen wir aus wie unsere Avatare", beschrieb Emily ihr Erlebnis.

„Wir wohnen dort oben. Jack zeigte auf das Apartment, aus dem das TNT heruntergeworfen worden war. „Im ganzen Haus wimmelte es nur so von Endermen. Sie schwärmten von Wohnung zu Wohnung und nahmen jeden mit."

„Wir haben uns in Jacks Zimmer versteckt, bis sie weg waren“, sagte Emily leise.

„Cosmic und Mikey waren gerade zu uns gekommen, als ihr aufgetaucht seid“, fuhr Jack fort. „Wir haben die Zombies auf den Hof kommen hören und beschlossen, ihnen eine explosive Überraschung zu bereiten.“

Leises Stöhnen drang von der anderen Seite des Hofes zu ihnen herüber. Einige Zombies schlurften aus der Tür des Nachbarhauses.

„Sie geben noch nicht auf. Wir sollten verschwinden“, schlug Ant vor.

„Hier entlang“, sagte Cosmic. „Mir nach.“

Er führte sie durch eine Baumreihe, die am Rand der Apartmenthäuser verlief. Sie drückten sich durch das blockige Gebüsch und gelangten zu einer von beiden Seiten mit Bäumen umsäumten Lichtung. In der Mitte befand sich ein längliches Loch im Boden. Gleise führten eine kurze Strecke über den Boden und verschwanden in der Öffnung. Ein grüner Kopf lugte heraus.

„Creeper!“ schrie Ant.

„Wo?“ Die grünköpfige Kreatur sah sich hektisch um und suchte fieberhaft die Bäume ab.

„Das ist kein Creeper“, lachte Cosmic. „Das ist GumbyBlockhead.“

Jack und Emily rannten zu der grünen Minecraftfigur in dem Loch.

„Gumby!“, riefen sie und sprangen vor Aufregung auf und ab.

„Jack, Emily! Schön, euch wiederzusehen.“ Gumby-Blockhead hüpfte aus dem Loch und blickte auf Jaina und Ant. „Ah, zwei neue Minecrafter. Unsere Rettungsaktion ist wohl erfolgreicher als gedacht.“

„Das sind Jaina und Ant“, stellte Mikey sie vor.

Jaina winkte kurz. „Wir versuchen gerade, in die Schule oben an der Straße zu kommen.“

„Die North Gray Elementary?“, fragte Gumby. „Von da kommen die meisten Monster. Warum wollt ihr ausgerechnet dorthin?“

„Das ist eine lange Geschichte“, antwortete Jaina.

Bedrohliches Stöhnen erklang aus den Büschen hinter ihnen.

Gumby stellte eine Lore auf die Gleise und kletterte hinein. „Alles einsteigen, den Rest der Geschichte könnt ihr uns unterwegs erzählen.“

Cosmic stellte weitere Loren auf die Gleise und sie stiegen ein. Die Loren rollten unter die Erde und durch einen langen in den Stein getriebenen Tunnel. Gumby und Ant fuhren in einer Lore, Jaina und Cosmic folgten in der Lore dahinter.

„Wer hat das alles gebaut?“, fragte Ant.

Gumby grinste. „Das war ich. Kurz nachdem wir alle blockig wurden, habe ich mich an die Arbeit gemacht. Wir mussten irgendwie zu Jack und Emily gelangen, aber über die Straßen konnten wir nicht gehen. Sie waren voller Monster.“

„So lang ist die Welt noch gar nicht verblockt“, sagte Jaina überrascht. „Wie hast du all das so schnell bauen können?“

„Du hast doch noch gar nichts gesehen. Gumby ist der schnellste Baumeister, den ich kenne.“

„Man tut, was man kann“, schmunzelte Gumby. „Aber nun genug von mir. Erzähl uns eure lange Geschichte. Warum wollt ihr unbedingt in die Schule?“

Über das Rattern der Loren hinweg erzählte Jaina ihre Geschichte. Sie erzählte von den Echten Diamantschwertern, durch die sie in Minecraft gelandet waren, und vom Seed. Als sie fertig war, endeten auch die Gleise. Die Loren kamen zum Stehen und alle kletterten hinaus.

„Das alles geschieht, weil Herobrine unsere Welt einnehmen will?“, fragte Cosmic.

„Genau“, antwortete Jaina. „Er hat viele Schulen in der Stadt besetzt und bereitet von dort aus seinen Angriff vor.“

„Wir sind die einzigen, die seinen weltweiten Siegeszug aufhalten können“, fügte Ant hinzu.

„Und ihr denkt, in der Schule könnte euch das gelingen?“, fragte Gumby.

„In dieser Schule sind wir in Minecraft übergetreten, und auch Herobrines Monster kommen von dort.“

„Außer den Zombies, die irgendwie aus dem Nichts erscheinen“, sagte Jack.

„Und den Creepern. Sie tauchen auch aus dem Nichts auf“, fügte MikeyTyrant hinzu. „Erst ist alles leer, und nur eine Minute später wimmelt es nur so von Creepern.“

„Darüber habe ich schon nachgedacht“, sagte Jaina. „Herobrine hat die Reichweite des WLAN-Signals unserer Schule verstärkt.“

„Das ist nett von ihm“, sagte Jack.

„Jetzt kann er Minecraft über die Grenzen unserer Schule hinaus ausbreiten“, fuhr Jaina fort. „Deshalb steckt ihr ja alle in euren Minecraftavataren. Außerdem kann er nun auch Monster spawnen.“

„Wie der Administrator eines Servers.“ Cosmic hatte verstanden.

„Herobrine hat unsere Stadt zu seinem Minecraftserver gemacht?“ Jack schluckte. „Wir sind verloren.“

„Ich möchte mich sofort ausloggen“, sagte Mikey.

„Wo willst du dich denn ausloggen?“ Emily hob ihre Arme hoch. „Das ist doch kein Spiel hier, erinnerst du dich? Das ist die Realität!“

„Das war die ganze Zeit über sein Plan. Er will die Welt in ein Computerspiel verwandeln und sich dann zum König machen“, sagte Ant.

„Es gibt nur eine Möglichkeit, ihn aufzuhalten, und die befindet sich in der Schule“, erklärte Jaina.

„Er benutzt die Schulcomputer als Ausgangspunkt für seine Invasion“, fügte Ant hinzu. „Darum hat Herobrine all die Schulen besetzt, auf deren Computern Minecraft installiert ist.“

„Alles hat im Computerraum begonnen“, sagte Jaina. „Wenn wir die Computer herunterfahren, können wir die Invasion stoppen, glaube ich.“

„Glaubst du oder hoffst du es?“, fragte Jack.

Jaina konnte nicht antworten.

Gumby trat vor. „Egal, jedenfalls ist es ein Plan.“

„Okay, wir bringen euch in die Schule“, beschloss Cosmic.

„Aber wie?“, wollte Ant wissen. „Du hast gesagt, es würde da nur so vor Endermen wimmeln.“

„Ihr habt noch gar nicht gesehen, wie es oben aussieht.“ Gumby überquerte die Gleise und blieb vor einem Block stehen, an dem eine Leiter angebracht war. Sie führte durch einen schmalen Schacht nach oben und endete an einer Falltür. Er bestieg die erste Sprosse und kletterte hoch. „Kommt mit!“

Jaina stieg die Leiter hinauf und kletterte durch die Falltür. Dann tauchte auch Ants Kopf am oberen Ende der Leiter auf.

„Wow!“ Er stieg von der Leiter, wobei er seinen Kopf gar nicht schnell genug drehen konnte, um all die Dinge aufzunehmen, die er sah. Sie befanden sich in einer Minecraft-Kampfstation.

Diamantrüstungen standen aufgereiht auf Gestellen im Raum, und an der hinteren Wand hingen alle Arten von Waffen. Mehrere Truhen waren im Raum verteilt. Einige waren geöffnet und gaben den Blick frei auf stapelweise Nahrung und Zaubertränke, die sie enthielten. Ein großer Teil der Decke war aufgebrochen, und man konnte das Dach sehen. Mehrere Leitern führten nach oben und gewährten einen leichten Zugang zu zwei weiteren Ebenen. Jaina entdeckte noch mehr Einrichtungsgegenstände und Truhen in den oberen Etagen.

Gumby stand mittendrin und strahlte.

„Herzlich willkommen im GumbyBlockhead-Survivalcamp!“

Während die anderen einer nach dem anderen aus dem Loch hüpften, ging Ant zu den Truhen.

„Das ist ja großartig, Gumby!“ Mit aufstehendem Mund untersuchte Ant den Inhalt der Kisten. Sie enthielten alle möglichen Zaubertränke und haufenweise gesunde Nahrung. „Wie hast du das alles so schnell hergestellt?“

„Gute Frage.“ Jaina stand vor den Waffen an der Wand. Alle schimmerten dank irgendeiner Verzauberung in violettem Licht.

„Unsere Welt ist doch noch gar nicht so lange eine Minecraftwelt. Wie hast du es nur so schnell geschafft?“

„Gumby ist ein Überlebenskünstler“, sagte Mikey und nahm sich einen Apfel aus der neben ihm stehenden Truhe.

„Er kann schneller graben und craften als wir alle zusammen.“

Die anderen nickten zustimmend.

Gumbys grüne Wangen erröteten. „Ich tue, was ich kann.“

Er ging zur gegenüberliegenden Holzwand, in die ein Steinknopf eingelassen war. Vor der Wand standen vier Spender nebeneinander, die über Redstonekabel mit dem Knopf verbunden waren.

„Das müsst ihr euch mal ansehen“, sagte er stolz.

„Sind das Kanonen?“ fragte Ant.

Gumby nickte. „Jede ist vollgepackt mit TNT, und es gibt noch mehr davon die Treppe hinauf und auf dem Dach. Alle sind geladen und bereit, auf ihr Ziel zu schießen.“

„Auf welches Ziel denn?“

Die anderen brachen in großes Gelächter aus.

„Das Ziel?“ Gumby grinste noch breiter als alle anderen. Er drückte den Steinknopf.

„Das Ziel ist hier.“

Kolben ertönten irgendwo unter dem Fußboden. Die Wände gegenüber den TNT-Kanonen wurden aufgeschoben, und Mondlicht schien durch Öffnung in das Survivalcamp. Direkt vor ihnen erstreckte sich ein sehr gepflegter Rasen, begrenzt von einer Straße, die mit parkenden Autos und Lastwagen übersät war.

Jainas Herz raste. Mitten auf der Straße stand die verlassene und jetzt blockige mobile Einsatzzentrale der Polizei von Westlake. Dahinter reckte sich eine Wand aus Obsidian in den Nachthimmel.

„Wir sind genau an der Straße vor der Schule“, brach es aus Jaina hervor.

„Die Mauern sind drei Blöcke dick, und die Kanonen halten jedem Angreifer stand.“ Gumby hüpfte vor Aufregung auf und ab. Die anderen versammelten sich um ihn. Sie hatten bereits Rüstungen angelegt und trugen Waffen und Schilde. „Wir sind bereit in den Kampf zu ziehen, wenn ihr es auch seid.“

Kapitel 18

„Du bist endlich aufgewacht!"

Irgendwie kannte Hamid die Stimme, wusste aber nicht, woher. Die Schmerzen in seinem Kopf machten die Sache auch nicht besser. Vorsichtig öffnete er seine Augen und erkannte, dass er auf dem Boden lag.

„Bleib liegen, Hamid", sagte die Stimme, als er versuchte, sich aufzurichten.

Ein Kopf erschien in seinem Blickfeld, ein blockiges, violettes Gesicht mit Kopfhörern auf den Ohren.

„Phisa!", krächzte Hamid.

„Wie er leibt und lebt, mein Freund." Phisa half Hamid, sich hinzusetzen. „Schön langsam, Hamid."

„Wo bin ich?" Hamid stand vorsichtig auf.

„In einer Art Gefängnis", erwiderte Phisa. „Sieht aus, als hättest du dich mit diesen vierarmigen Endermen geprügelt."

Hamid rieb sich den Kopf und blickte sich um. „Wo ist Bones? Er war bei mir, als ich von den Endermen angegriffen wurde."

„Ich habe ihn nicht gesehen“, sagte Phisa. „Die Endermen sind mit dir hier hineingeschwirrt und dann verschwunden. Mach dir um den Hund keine Sorgen, er kann auf sich selbst aufpassen.“

Er reichte Hamid einen Laib Brot. „Iss das, damit du wieder auf die Beine kommst.“

Hamid nahm das Brot und begann zu essen. In seinem unteren Blickfeld leuchtete ein Herz nach dem anderen wieder auf.

„Wie bist du hierhergekommen?“, fragte Hamid. „Als ich dich das letzte Mal gesehen habe, hast du in der Endsiedlung gegen den Shulker gekämpft.“

„Ähnlich wie du. Wir sind direkt in ein paar Enderfreaks gerannt, die sich uns geschnappt haben. Als ich aufwachte, war ich hier.“

Phisa blickte verlegen zu Boden. „Ich weiß nicht, wo Zubon ist.“

Hamid erinnerte sich an Herobrines Mutantenmaschine. Der Gedanke, sein Freund könnte in einen dieser vierarmigen Freaks verwandelt worden sein, war unerträglich für ihn.

Wo immer sie auch waren, es sah eher wie ein Museum als wie ein Gefängnis aus. Überall standen Statuen von echten Menschen mit rundlichen Köpfen und Körpern. Hamid wusste, woher sie stammten.

„Herobrines Gehege für seine Gefangenen aus der wirklichen Welt. Ich habe sie schon vom Berggipfel aus gesehen. Er hat sie irgendwie eingefroren.“

Hohe Obsidianmauern grenzten ihr Gehege ein. Vierarmige Endermen schwirrten oben auf den Mauern. In einiger Entfernung tauchten Endermen aus dem Nichts auf und brachten einen neuen Menschen mit. Sie stellten die erstarrte Gestalt ab und verschwanden wieder. Das Schauspiel wiederholte sich immer wieder aufs Neue um sie herum. Herobrine fuhr weiter seine Ernte ein.

Hamid ging zwischen den Statuen hindurch. Die Festung des Enderdrachens ragte drohend über ihnen. Drei Ecktürme sandten ihre Lichtkegel in den Himmel und verschmolzen mit dem Hauptstrahl des Seeds im mittleren Turm.

Das Auf und Ab der Endermen im Lichtstrahl des Seeds hörte nicht auf. Noch war der vierte Eckturm dunkel. Doch das Gehege war schon fast voll, und Hamid wusste, dass Herobrine bald genug Menschen gefangen haben würde, um den letzten Turm zu erleuchten.

„Wir müssen hier raus“, sagte er.

„Das kann ein Problem sein“, antwortete Phisa. „Ich habe hier alles abgesucht und bisher noch keinen Fluchtweg entdeckt. Aber ich habe etwas anderes gefunden. Komm mit."

Hamid folgte Phisa durch die lautlose Menschenmenge. Es war wie eine Reise durch eine Welt, in der die Zeit angehalten worden war. Einige liefen gerade fort, andere duckten sich vor Angst und schützten ihre Köpfe vor den Enderfreaks, die sie genau so erstarren ließen. Phisa hielt vor zwei Statuen an, die sich scheinbar vor Schmerzen krümmten. Hamid erkannte sie sofort.

„Rektor Whiner und Mr. Rodinaldo!"

Phisa gab dem erstarrten Rektor einen neckischen Klaps. „Er kam mir direkt bekannt vor. Ich mag deinen Rektor so lieber."

Hamid grinste. „So kann er wenigstens keinen Ärger machen. Aber Mr. Rodinaldo hat das nicht verdient."

„Das ist dein Lehrer, nicht wahr?"

„Ja, ohne ihn hätten wir keinen Minecraftclub", nickte Hamid. Ganz oben auf der Mauer blickte ein Enderman auf Hamid herunter, drehte sich um und setzte seinen Rundgang fort. „Es scheint sie nicht zu stören, dass wir nicht erstarrt sind."

„Ich glaube, es reicht ihnen, dass wir ohnehin nirgendwohin gehen können", meinte Phisa.

„Oder sie wissen, dass unsere Zeit abgelaufen ist."

Das stetige Summen und Umherschwirren eintreffender und verschwindender Endermen war verstummt. Nichts und niemand um sie herum bewegte sich.

„Sie haben aufgehört", sagte Phisa.

Die Wachen auf den Mauern standen jetzt selbst so unbeweglich wie Statuen und blickten mit ihren weißen Augen zur Festung hinauf.

Ein neues Licht erstrahlt aus dem vierten Eckturm und leuchtete direkt in den Lichtkegel des Seeds. Der Himmel entlud sich mit einer alles blendenden Energie. Der Lichtstrahl des Seeds wurde größer und heller, verschluckte förmlich die Dunkelheit um sie herum, und eine einzelne Gestalt flutete aufwärts in den Himmel.

„Wir sind zu spät", stöhnte Phisa.

Mit ausgestreckten Armen stieg Herobrine wie eine Rakete empor, die eine untergehende Welt hinter sich zurücklässt. Die blendend weißen Augen des Monsters blickten auf Hamid, der in seinem Gehege gefangen war.

„Auf Wiedersehen Hamid. Ich danke dir. Ohne deine Hilfe wäre die Eroberung deiner Welt nicht möglich gewesen."

Herobrines spöttische Worte trafen Hamid zutiefst. Das Monster schwebte höher, wurde zu einem winzigen Punkt am Himmel und war schließlich gar nicht mehr zu sehen. Die Dunkelheit, die die wirkliche Welt von Minecraft trennte, verschluckte ihn jetzt wie einen Stern, der in einem Schwarzen Loch verschwindet. In dem Augenblick, in dem er nicht mehr zu sehen war, erlosch das Licht des Seeds. Der Lichtstrahl, der den Himmel geteilt und Welten durchdrungen hatte, war aus und die Verbindung war durchtrennt.

Die Welt um Hamid drehte sich. Er taumelte und versuchte verzweifelt, auf den Füßen zu bleiben.

Ein hohles Nichts machte sich in ihm breit, eine tiefe Leere, die er nie mehr würde füllen können. Ein wesentlicher Teil von ihm war ebenfalls durchtrennt.

„Er ist entkommen", hörte er sich selbst wieder und wieder sagen. Nur dieser eine Gedanke brannte in Hamid, während Phisa ihn zu beruhigen versuchte.

Es war zwecklos. Hamid hatte Herobrine quer durch alle Minecraftwelten bekämpft, war durch Feuer und Krieg gereist und hatte viele seiner Freunde verloren bei dem Versuch, Herobrine aufzuhalten. Er hatte versagt.

Herobrine war frei, und er, Hamid, für immer in diesem unendlichen Gefängnis eingesperrt.

Kapitel 19

Die dunklen Mauern der Schule ragten über ihnen auf.

Außerhalb der Festungsmauern lungerten Zombies und Creeper herum wie Eltern, die nach einem langen Schultag auf ihre Kleinen warteten. Vielleicht aber warteten sie auch darauf, die Gehirne all derer zu essen, die ihnen über den Weg liefen. Höhlenspinnen kletterten an den Mauern um die Schule herum, ihre roten Augen leuchteten wie Warnschilder für diejenigen, die es wagten, sich allzu sehr zu nähern.

Jaina und Ant schmiegten sich flach sich an das Dach von Gumbys Survivalcamp gegenüber der Schule. Der geheimnisvolle grüne Minecrafter war bei ihnen und beobachtete Herobrines Soldaten.

„Im wirklichen Leben wohne ich hier ganz in der Nähe", unterbrach Gumby die Stille. „Als ich die Endermen in den Nachrichten sah, bin ich sofort hierhin gerannt, um der Polizei zu erklären, was diese Monster anrichten können."

„Lass mich mal raten“, antwortete Jaina. „Sie haben dich überhaupt nicht ernst genommen.“

Gumby nickte. „Sie hielten mich für verrückt und schickten mich nach Hause. Dann griffen die Endermen an. In dem ausbrechenden Chaos bin ich in dieses Haus geflüchtet und habe mich hier versteckt. Natürlich hatte ich meinen Laptop dabei, also loggte ich mich auf Cosmics Server ein und erzählte Jack und den anderen, was gerade passierte. Plötzlich verwandelte sich alles in Blöcke, mich eingeschlossen. Ich wusste, wir würden einen Stützpunkt und Vorräte brauchten, also sagte ich den anderen, wo sie mich finden konnten. Dann begann ich zu graben, zu craften und zu bauen. Die Fassade des Hauses ließ ich unverändert, sodass es von der Straße aus völlig normal aussah. Herobrines Soldaten schöpften nicht den geringsten Verdacht.“

Ant betrachtete die auf dem Dach aufgereihten Kanonen, allesamt geladen mit TNT und abschussbereit.

„Ich kann immer noch nicht glauben, dass du all das in so kurzer Zeit gebaut hast.“

Gumby zuckte die Achseln. „Was soll ich sagen? Wenn ich mich auf etwas konzentriere, dann bekomme ich auch einiges geschafft.“

„Das kann man von Herobrine auch sagen.“ Jaina blickte auf die Straße herunter. „Auch er hat so einiges in sehr kurzer Zeit geschafft.“

Soweit die Augen reichten, hatte Herobrine die Wirklichkeit in eine blockige Version ihrer selbst verwandelt. Die sonst blasenförmigen Minivans sahen jetzt aus wie Schachteln auf viereckigen Rädern. Die Bäume hatten sich zu rechteckigen Stämmen mit grünen Blattblöcken verwandelt, dabei hätten die Blätter gelb sein müssen, wenn sie nicht schon seit Wochen abgefallen waren.

Jaina wünschte sich, all die Blöcke würden verschwinden und Herobrine mit sich nehmen. Aber das würde leider nicht geschehen. Dieser alte Weißäugige würde nicht kampflos aufgeben. Auch mit Gumbys eindrucksvollen Kanonen glaubte Jaina nicht daran, dass sie diesen Kampf gewinnen konnten.

„Wenn wir diesen Platz verlassen, werden die Zombies uns sehen“, seufzte sie.

„Vergiss die Creeper nicht. Sie werden an uns kleben wie ein Popel an Kinderfingern.“

„Das ist eklig, Ant, aber leider wahr“, antwortete Jaina.

Cosmics Kopf tauchte am Leiterende auf dem Dach auf.

„Emily und Joop haben vielleicht eine Möglichkeit gefunden, in die Schule zu gelangen.“

* * *

Emily606 und Joop2709 standen vor einem neuen Tunnel unter dem Survivalcamp. Fackeln hingen an den Wänden des kleinen Durchgangs.

„Wir sind fast durch“, sagte Emily606.

Jaina spähte in den Tunnel. „Führt der denn bis unter die Schule?“

„Erst zur Hälfte“, erklärte Joop. „Wir testen gerade, ob die Monster uns hören können, wenn wir graben.“

Emily lächelte. „Bis jetzt haben sie uns allerdings in Ruhe gelassen.“

„Ich weiß nicht recht“, sagte Ant und beäugte den Tunnel misstrauisch. „Je näher wir kommen, desto eher werden sie uns hören. Ich denke, wir sollten lieber wieder die Kanalisation benutzen.“

Jaina schüttelte den Kopf. „Herobrine lässt den Eingang streng bewachen. Der lässt sich mit diesem Trick nicht noch einmal hereinlegen.“

„Dem kann ich nur zustimmen“, sagte Gumby. „Das hier ist unsere einzige Chance, in die Schule zu gelangen. Sie liegt direkt gegenüber der Straße. Wir graben noch ein wenig, dann sind wir genau unter ihr."

Eine Eisenschaufel erschien in Jainas Hand. „Dann gehen wir mal an die Arbeit."

Jaina trat in den Tunnel, dicht gefolgt von Ant. Gumby wandte sich an Emily und Joop.

„Schnappt euch ein paar Waffen und sagt den anderen, sie sollen sich an den Kanonen bereithalten. Falls Herobrines Soldaten uns entdecken, werden sie an unsere Tür klopfen."

Joop hüpfte auf der Stelle auf und ab. „Wir werden sie gebührend empfangen."

Der Tunnel war zwei Blöcke hoch und ebenso breit, sodass Ant und Jaina bequem nebeneinandergehen konnten. Nach jedem fünften Block hing eine Fackel an der Wand. Gumby gesellte sich zu ihnen und lächelte. „Ein breiter, gut beleuchteter Geheimgang! Ich hab den Kids schon immer gesagt, dass gutes Handwerk goldenen Boden hat."

„Auch wenn du versuchst, in eine Schule einzubrechen, um ein wahnsinniges Monster aus einem Computerspiel aufzuhalten?", flüsterte Ant.

„Gerade dann!" Gumby zwinkerte den beiden zu.

Jaina hatte 50 Schritte gezählt, als sie auf eine Erdwand trafen. Ant wollte sie schon mit seiner Schaufel bearbeiten, als Jaina ihn zurückhielt. „Denk dran: Grab leise!“, flüsterte sie.

„Ich weiß wirklich nicht, wie das gehen soll, aber ich kann es ja mal versuchen.“

Schweigend begannen sie zu graben. Nur das Geräusch ihrer in die Erde gleitenden Schaufeln war zu hören, aber hoffentlich nicht von den patrouillierenden Monstern auf der Straße über ihnen.

Hinter ihnen lauschte Gumby auf die Geräusche von oben. Bei jeder Pause konnten sie das Stöhnen der Zombies oben auf der Straße hören. Sie mochten zwar hirnlose Untote sein, aber sie dienten einem schlauen Meister. Nach ihrer erfolgreichen Flucht ließ Herobrine seine Soldaten zweifellos die Straßen nach ihnen durchkämmen.

Ants Schaufel stieß auf Stein. Die drei schreckten zusammen und horchten nach einer Veränderung der Geräusche über ihnen. Jaina schaufelte noch etwas Erde vor ihr weg und legte einen weiteren Steinblock frei.

„Das müssen die Fundamente der Schule sein“, flüsterte Gumby. „Jetzt wird es schwierig.“

„Ja, es ist ziemlich schwierig, Steine leise zu bearbeiten“, fügte Ant hinzu.

„Wir müssen es probieren.“ Jaina tauschte ihre Schaufel gegen eine Spitzhacke und holte zum Schlag aus.

Eine Explosion hinter ihnen ließ sie in der Bewegung erstarren.

„Das ist eine der TNT-Kanonen“, flüsterte Gumby. „Das Survivalcamp wird angegriffen.“

„Herobrine ist uns auf den Fersen“, brummte Ant. „Ich habe es gewusst. Wir hätten doch die Kanalisation nehmen sollen.“

„Dafür ist es jetzt zu spät“, schnappte Jaina. „Wir müssen weiter.“

Gumby nickte. „Jaina hat Recht. Ihr beide grabt weiter. Ich laufe zurück und helfe den anderen.“

„Sei vorsichtig, Gumby!“, flüsterte Jaina, als er durch den Tunnel zurücklief.

Er hatte gerade einmal ein Dutzend Schritte zurückgelegt, als weiterer Lärm sie alle vor Angst zusammenzucken ließ.

Ein scharfes Kreischen durchschnitt den Himmel über ihnen. Jaina verließ der Mut. Sie kannte das Geräusch und hatte gehofft, es nie wieder zu hören.

„Ghasts.“ Ant sackte in sich zusammen, als ein weiteres Kreischen ertönte.

Wieder wurde eine Kanone abgeschossen. Der Tunnel erbebte und Erde fiel von der Decke. Neues Ghastgekreische drang an ihr Ohr. Dieses Mal war es schon erheblich lauter.

„Sie kommen näher. Sie wissen, dass wir hier unten sind“, stöhnte Ant.

Jaina wollte gerade widersprechen, als der gesamte Tunnel in einer Wolke aus Erde und Feuer explodierte. Die Druckwelle schleuderte ihren Rücken gegen die Steine, die sie kurz vorher freigelegt hatte. Als der Staub sich legte, befand sie sich nicht mehr in einem Tunnel.

Sie stand in einem riesigen Krater. Feuer loderten an den zerklüfteten Kanten des Lochs, das vor einer Sekunde noch ihr Tunnel gewesen war. Mondlicht schien in die Grube herab. Dunkle Gestalten liefen auf der Suche nach dem schnellsten Weg hinunter am Kraterrand entlang.

Ihnen blieb nicht viel Zeit, bevor die Creeper sie hier unten finden und dem ganzen Durcheinander ihre eigenen Explosionen beisteuern würden. Neben ihr hustete Ant eine große Portion Erde aus seiner Lunge.

„Es hat keinen Sinn“, jammerte er mit vor Panik aufgerissenen Augen. „Herobrine weiß, wo wir sind. Wir müssen zum Survivalcamp zurück.“

Jaina zeigte auf das gigantische Loch vor ihnen. „Ach ja, und wie sollen wir deiner Meinung nach da durchkommen?“

Das Stöhnen von oben wurde lauter, als immer mehr Zombies auf der Suche nach schmackhaften Gehirnen am Grubenrand auftauchten.

„Wir haben keine andere Wahl.“ Jaina hob ihre Spitzhacke und wandte sich den Steinen zu, die den Weg versperrten.

„Ich bin nicht so weit gekommen, um mich jetzt von Zombies verspeisen zu lassen. Du übrigens auch nicht!“

Sie schlug mit aller Kraft, die sie aufbieten konnte, auf die Steine ein. Die Hacke prallte dumpf auf den Stein.

„Du hast Recht.“ Ant holte tief Luft und hob seine Spitzhacke. Er schwang das Werkzeug mit einem lauten Schlag gegen den Stein vor ihm. „Wenigstens müssen wir jetzt nicht mehr leise sein.“

Gemeinsam bauten sie die Steine vor ihnen ab. Mit jedem Hieb kam das Stöhnen näher. Jaina wagte einen Blick über ihre Schulter und sah, dass Zombies und Creeper den Boden der Grube bereits erreicht hatten. Einige der Monster hüpften bereits auf sie zu.

„Die Monster werden bald hier sein“, sagte Jaina. „Wir müssen schneller graben.“

„Oder wir gehen etwas raffinierter vor.“

Ant lief zurück zu ihrem neuen Tunneleingang. Ein Bruchsteinblock erschien in seiner Hand. Er stapelte die Blöcke übereinander, bis der Zugang versperrt war.

„Siehst du?“ Er tippte sich mit seiner stumpfen Hand an die Stirn. „Man muss nur klüger sein als sie.“

„Nicht übel, Einstein“ sagte Jaina. „Nun grab schön weiter. Wir müssten bald durchbrechen.“

Zwei Hiebe später bestätigte sich ihre Theorie. Der Stein zerbarst unter Jainas Schlag und gab den Blick auf einen dunklen Raum frei. Ant steckte seinen Kopf durch das Loch.

„Wir sind im Keller der Schule.“

Jaina kletterte durch die Öffnung in die Schule. Wie alles andere war auch der Keller in eine Minecraft-version seiner selbst verwandelt worden, er wirkte fremd und gruselig zugleich.

„Da ist das Büro des Hausmeisters.“ Jaina zeigte auf einen Raum am Ende des Korridors. „Wir müssen die Bibliothek finden.“

„Aber möglichst ohne Monsterbegleitung.“ Ant schlich den Gang hinunter. „Hier entlang geht es zu den Treppen ins Erdgeschoss.“

Jaina folgte ihm. „Mit etwas Glück gelangen wir unbemerkt in die Bibliothek.“

„Glück?“ Ant blickte missmutig. „Wenn wir uns nur auf Glück verlassen, sind wir verloren.“

„Du bist so ein Optimist.“

Auch die Treppe war leer, und sie schafften es in den oberen Flur der Schule, ohne entdeckt zu werden.

Sie schlichen durch die Türen in die Haupthalle. Rektor Whiners Büro befand sich am anderen Ende der Halle, direkt neben dem Haupteingang. Jaina fragte sich, was ihr Rektor wohl sagen würde, wenn er wüsste, dass sein Büro nun ebenso blockig war wie er selbst. Früher hätte Jaina sich tierisch gefreut, wenn Rektor Whiner seine Fassung verloren hätte, aber jetzt hoffte sie, dass es dem alten Mann gut ging.

Ant ging vor, als sie durch die Halle schlichen. Kurz vor der Bibliothek zog Jaina ihn in einen Klassenraum.

„Das ist nah genug“, flüsterte sie. Sie spähte aus dem Klassenzimmer über die Halle zur Bibliothek.

Ein vierarmiger Enderman schwirrte vor der Bibliothekstür hin und her. Durch die Glastüren konnte sie erkennen, dass der Raum nur so vor Endermen wimmelte. Die Computer verbreiteten gedämpftes Licht. Dutzende weiße Augen tanzten vor den Bücherregalen umher. Mondlicht schien durch das Loch im Dach, dass Ant in die Decke gesprengt hatte, als er noch Schleimsklave gewesen war. Das scheint schon Jahre her zu sein, dachte Jaina.

„Wir kommen da nie rein, um die Computer herunterzufahren“, flüsterte sie.

„Es muss einen Sicherungskasten im Keller geben“, erwiderte Ant. „Wenn wir den finden, können wir den Strom der gesamten Schule ausschalten.“

„Das könnte klappen“, sagte Jaina.

Das wirre Summen in der Bibliothek wurde plötzlich lauter, und die Computer leuchteten ebenfalls heller.

„Ich glaube, wir sind zu spät“, brummte Jaina.

„Zu spät für was?“

„Das wirst du gleich erfahren.“

Das Summen in der Bücherei ließ nun die Fenster erzittern. Das wüste Durcheinander der Endermen wandelte sich zu einem großen Kreis rund um die Computer. Die Wachen vor der Bibliothek teleportierten sich hinein und stellten sich ebenfalls in den Kreis.

Jaina schlich sich zu den Glastüren und ignorierte Ants Proteste. Was immer auch in der Bibliothek geschah, es zog die volle Aufmerksamkeit der vierarmigen Endermen auf sich. Sie spähte durch die Glastür.

Das Computerraum war vollständig in Licht getaucht. Irgendetwas drückte sich aus einem der Computerbildschirme. Ein langes, blockiges Objekt erzwang sich seinen Weg durch den kleinen Monitor. Irgendwie erinnerte es Jaina an aus dem Ei schlüpfende Küken. Das Summen der Endermen drang immer tiefer in ihren Kopf und wurde immer lauter. Gerade in dem Augenblick, als sie dachte, den Lärm nicht mehr ertragen zu können, verschwanden alle Endermen. Nur die Kreatur aus dem Bildschirm war geblieben, und Jaina wusste, dass nun alles vorüber war.

Sie sprang von der Scheibe zurück, als ein Arm von der Größe eines Schulbusses das Glas zerbarst. Der monströse, blockige Arm schwang wie eine Fliegenklatsche auf und ab.

Jaina sprang auf die Füße und rannte den Korridor hinunter.

„Los, renn! Renn!“

Ant lief hinterher, konnte aber den Blick nicht abwenden von dem gigantischen Minecraftarm, der die gesamte Halle in Stücke schlug.

„Ist es wirklich das, was ich denke, dass es ist?“

„Keine Zeit zum Denken! Renn einfach nur!“ knurrte Jaina.

Aber wohin sollten sie laufen? Sie stürzten um die Ecke auf die Eingangstüren zu und trafen auf eine Wand aus weißäugigen Wachposten. Die tödlichen Blicke der Endermen nahmen sie ins Visier. Sie erstarrte unter den eindringlichen Blicken der Monster.

„Hier entlang!“ Ant schnappte sich Jainas Arm und zog sie durch eine Tür.

Sie waren wieder im Treppenhaus. Ant rannte die Stufen hinunter.

„Warte!“ zischte Jaina. „Die Zombies werden durch die Wand gehen und dort unten auf uns warten. Wir laufen nach oben.“

„Nach oben?“ Ant war nicht begeistert. „Da sind doch nur noch mehr Klassenzimmer.“

Jaina war schon die Treppen zum zweiten Stock heraufgestürmt. Ant seufzte und hetzte seiner Freundin hinterher, die zwei Stufen auf einmal nahm. Vor einer Eistentür am Ende der Treppe holte er Jaina ein.

Vom unteren Ende der Stufen drang tiefes Summen zu ihnen hinauf.

„Die Enderfreaks kommen!“, knurrte Ant.

„Dann hilf mir, die Tür zu öffnen“, schnauzte Jaina. „Sie ist verschlossen.“

„Die führt auf das Dach“, erkannte Ant.

„Genau. Das ist der einzige Ort, an dem wir sicher sind.“

Eine Explosion ließ die Wände um sie herum erbeben.

„Vergiss die Tür." Eine Spitzhacke erschien in Ants Händen. Er sprang zur Steinwand daneben. „Du behältst die Endermen im Auge."

Er schlug solange mit seiner Spitzhacke auf die Wand ein, bis er ein zwei Blöcke großes Loch herausgebrochen hatte. Beide stürzten durch das Loch aufs Dach. So schnell er konnte, setzte Ant die herausgebrochenen Steine wieder in das Loch, um es zu verstecken.

„Hoffentlich werden die Endermen uns vergessen, sobald sie uns nicht mehr sehen können."

Jaina stand wie erstarrt da und blickte auf das Flachdach der Schule.

„Es wäre schön, wenn wir das auch von ihm sagen könnten."

Das Loch, das der vom Schleim infizierte Ant hinterlassen hatte, erstreckte über die ganze Breite des Daches. Ein gewaltiger Minecraftblock tauchte in der Öffnung auf. Jaina brauchte einen Moment, um zu erkennen, dass es sich um einen Kopf handelte. Er drehte sich zu ihnen um. Dunkle Haare, Bart und strahlend weiße Augen.

„Herobrine!", japste Ant.

Herobrines riesiges Gesicht verzog sich zu einem so breiten Grinsen, dass er sie beide mit einem einzigen Bissen hätte verschlingen können.

„Herobrine in Übergröße!", stöhnte Jaina.

„Hallo Jaina, hallo Ant." Seine Stimme dröhnte lauter als bei einem Rockkonzert. „Ich bin wirklich froh, euch in eurer Heimatwelt anzutreffen. Bald wird dies ja meine Welt sein."

Herobrines Gelächter ließ die ganze Schule bis zu ihren Fundamenten erzittern. Jaina fühlte, wie sämtliche Hoffnung aus ihrem blockigen Körper entwich. Herobrine in Normalgröße aufzuhalten, war schon schwierig genug, aber wie sollten sie eine Kreatur in dieser Größe besiegen?

„Was ist los mit dir, Jaina?", fragte Herobrine. „Dir gefällt nicht, was du siehst? Keine Sorge. Ich kann das jederzeit ändern. Ich kann alles jederzeit ändern!"

Er wurde noch größer.

Herobrines Kopf wuchs. Seine Schultern brachen durch das Dach. Er schoss wie eine explosiv aufgeladene Bohnenstange aus einem Märchen, das völlig aus dem Ruder läuft, nach oben. Stücke des Dachs flogen durch die Luft, als Herobrines sich aufblasender Körper die Mauern einfach herausbrach.

Jaina und Ant kauerten sich gegen die Eisentür. Herobrine türmte sich über ihnen auf. Dieser gigantische Minecraftavatar, höher als ein Wolkenkratzer, stapfte aus den Trümmern ihrer Schule.

Mit einem einzigen Schritt trat er die Festungsmauern ein, die er selbst errichtet hatte und stampfte in Richtung Innenstadt. Hoch über ihm begleiteten ihn mehrere Übertragungshubschrauber mit ihren Scheinwerfern und Kameras und strahlten die Bilder des Chaos in der ganzen Welt aus. Als Herobrine die Helikopter bemerkte, huschte ein Lächeln über sein Gesicht.

„Ich grüße euch, ihr Menschen aus der wirklichen Welt. Ich bin Herobrine, euer neuer Herrscher." Seine Worte erschütterten die Blöcke um ihn herum.

Das war der Augenblick, an dem Jaina sich fragte, warum sie Computerspiele jemals gemocht hatte.

Kapitel 20

Bones mochte es nicht, den Drachen in seinem Kopf zu haben.

Aber die Stimme war alt. Bones hörte den Ältesten in seinem Rudel immer zu. Als er die Worte des alten Drachen in seinem jungen Kopf vernahm, hörte er genau zu.

Der Drache benötigte seine Hilfe, und auch er, Bones, brauchte die Hilfe des Drachen.

Als dieser merkwürdige Enderman sich Hamid schnappte, wollte Bones ihn angreifen. Aber der Drache in seinem Kopf sagte ihm, er solle weglaufen und sich verstecken. Also rannte Bones weg und versteckte sich wie ein gehorsamer Hund. Nachdem der Enderman die Suche nach ihm eingestellt hatte, befahl ihm der Drache, in den Raum mit dem blinkenden Block zurückzukehren. Bones schlich leise wie ein Jäger zurück. Nicht einmal Herobrine bemerkte ihn.

Bones sah Herobrine mit diesem seltsamen, von allen begehrten Stein und betrachtete dann den blinkenden Block, der den Drachen gefangen hielt. Der Drache sagte ihm, wie er den Block durch ein paar Bisse in die roten Kabel zerstören konnte. So würde der Block deaktiviert und der Drache könne die Mauern seines Gefängnis durchbrechen. Der Enderdrache wäre frei.

Bones war sich nicht sicher, ob dies wirklich von Vorteil war.

Aber er musste dem Drachen vertrauen. Er wusste nicht, was seine Ältesten über Vertrauen zu Drachen zu sagen hatten, doch Bones hatte keine Wahl. Jaina und Hamid waren verschwunden und er war weit weg von seinem Rudel. Welche Wahl außer Vertrauen hätte er gehabt?

Er kauerte sich hinter einen Block und dachte darüber nach, als Herobrine in das Licht dieses seltsamen Steins trat. Die Endermen beobachteten, wie das Licht Herobrine in den Himmel trug, bis er verschwand. Das Licht erlosch und der ganze Raum fiel in Dunkelheit. Bones traf eine Entscheidung.

Er stürmte aus seinem Versteck und hechtete in den rot funkelnden Staub, der mit dem blinkenden Block verbunden war. Mit weit aufgerissenem Maul und gesträubtem Fell biss Bones solange in den Staub, bis auch diese Lichter erloschen waren.

Dann explodierte der blinkende Block, und Bones wusste, dass es ein großer Fehler gewesen war, dem Drachen zu vertrauen.

* * *

Hamid starrte immer noch auf Herobrines Turm, als dieser in die Luft flog.

Ein Feuerball riss ein Loch in die Seitenwand und schleuderte mitternachtsblaue Blöcke durch die Luft.

Wenig später barsten die Berge jenseits der Mauern und versprengten weitere Blöcke über den Horizont.

Hamid beachtete die zweite Explosion kaum. Mitten im Schauer herumfliegender Obsidianblöcke flog etwas durch die Luft. Es war weiß.

„Bones!"

Hamid rannte durch das Feld der Statuen, wedelte um sie herum und versuchte, den fliegenden Hund im Himmel nicht aus den Augen zu verlieren. Hamid zweifelte nicht daran, dass es Bones war, der den Turm zerstört hatte. Aber ob sein kleiner Freund noch am Leben war, war eine andere Frage. Die weiße Pelzkugel drehte sich Schwanz über Kopf wie eine Stoffpuppe und segelte über die Mauern ihres Gefängnisses hinweg.

Hamid kam vor der Mauer rutschend zum Stehen. Phisa lief zu ihm. In hoffnungslosem Schweigen beobachteten sie Bones Flug durch die mit Rauch erfüllte Luft. Der kleine Hund würde den Sturz nicht überleben können.

„Schau, da!“, rief Phisa und zeigte auf den Rauch von der zweiten Explosion, der wie eine Wand auf sie zurollte.

Aus dem Rauch löste sich das Grauen, dem Hamid am liebsten nie mehr begegnet wäre. Mit schwarzen Flügeln und dunkelvioletten Augen flog der Enderdrache auf sie zu. Er wich den herumfliegenden Obsidianblöcken aus und nahm sie kaum zur Kenntnis. Das Monster hatte nur ein Ziel. Im Sturzflug sank der Drache in die Tiefe und fing Bones mit seinem schuppigen Rücken auf, zog hoch und flog mit seinem erstaunten Passagier durch die Lüfte. Schließlich, denn ein wenig Show muss ja sein, drehte der Drache einen Looping. Bones jauchzte vor Vergnügen.

Der Enderdrache flog im Gleitflug auf sie zu und landete anmutig auf der Gefängnismauer. Die vierarmigen Endermen auf der Mauer machten sich beim Anblick des herannahenden Ungeheuers davon. Der Drache leckte sich die Schnauze und winkte zu Hamid herüber.

„Braucht ihr eine Mitfluggelegenheit?"

* * *

Die Aussicht vom Rücken des Drachen war unbeschreiblich.

Mit aller Kraft klammerte sich Hamid an die Schuppen des Enderdrachen. Bones hielt sich vor ihm, Phisa hinter ihm fest. Er versuchte seine Angst im Griff zu halten, als der Drache sie auf die Spitze des Zentralturms seiner Festung flog. Das Ungeheuer landete mit der Geschicklichkeit eines Adlers auf dem schmalen Balkon, der den Turm umgab. Sie stiegen von seinem Rücken.

„Wartet hier", sagte der Drache. „Ich habe noch etwas zu erledigen."

Der Enderdrache startete wieder in die Luft und flog zu den Gehegen unter ihnen zurück. Bones saß auf einem Vorsprung neben Hamid und Phisa und leckte sich sein versengtes Fell. Der Rauch der Explosion in Herobrines Kommandozentrale stieg in die Höhe und zog über die verlassene Landschaft. Während er die drei zum Turm geflogen hatte, hatte der Drache erzählt, wie er in Bones Gehirn eingedrungen war und ihn so angeleitet hatte, den Befehlsblock, der sein Gefängnis kontrollierte, zu zerstören. Durch die Unterbrechung der Energieversorgung hatte sich die Schutzeinrichtung seines Gefängnisses abgeschaltet. Der Drache konnte sich noch rechtzeitig befreien und den Hund retten, der wiederum ihn gerettet hatte. Aber seine Arbeit war noch nicht vollendet.

Hamid und Phisa beobachteten von der Turmspitze aus, wie der Drache auf die vierarmigen Endermen zuflog, die auf den Mauern ihres ehemaligen Gefängnisses patrouillierten, und auf der Obsidianmauer landete. Der Drache näherte sich jedem einzelnen Enderman sehr bedächtig, fast so, als wollte er ein wildes Tier zähmen.

„Was macht er da eigentlich?" fragte Hamid.

Phisa schüttelte den Kopf. „Keine Ahnung. Ich bin nur froh, dass Bano nicht hier ist und das mit ansehen muss."

„Warum das denn?"

„Ich möchte es mal so ausdrücken: Bano und der Enderdrache haben eine besondere Beziehung miteinander."

Die Endermen starrten den Drachen an, als wären sie in Trance. Sie folgten ihm zu einem offenen Gelände jenseits der umzäunten, mit Statuen angefüllten Gehege. Einer nach dem anderen versammelte sich um den Drachen, sie drängten sich zusammen, summten und schwirrten von einer Gruppe zur nächsten und wieder zurück. Wie Bienen kamen sie zu einem Schwarm zusammen, führten aber dennoch jeder seinen eigenen Tanz aus.

„Er ruft sie zusammen“, bemerkte Phisa. „Herobrine hat diese Soldaten hier gelassen, um den Turm und uns zu bewachen.“

„Zubon hat gesagt, der Enderdrache sei der rechtmäßige Herrscher über die Endermen.“ Hamid sah, wie sich immer mehr weißäugige Gestalten um den Drachen scharten. „Aber diese gehorchen Herobrine. Ich habe selbst gesehen, wie er sie in Wesen umgewandelt hat, die unter seiner Kontrolle stehen.“

„Ich denke, das ändert sich in diesem Augenblick“, antwortete Phisa.

Unter ihnen stand der Enderdrache der Ansammlung der vierarmigen Endermen gegenüber. Sie starrten ihn an, lange Zeit. Dann stellte sich der Drache auf seine Hinterbeine und breitete seine riesigen Flügel aus. Er atmete tief ein und seine Brust wölbte sich. Er hielt die Luft für eine Sekunde an und stieß sie dann in einem riesigen Atemzug aus. Hamid hatte eine Feuersbrunst aus dem Rachen des Drachen erwartet, die sämtliche Endermen einäschern würde. Stattdessen kam eine purpurne Rauchwolke aus seinem Maul und schwebte über die versammelten Endermen. Als die Wolke sie einhüllte, wackelten sie von einer Seite zur anderen. Das Wackeln wurde heftiger, die Umrisse der vierarmigen Gestalten verschwammen, und sie hüpften auf engstem Raum hin und her. Das Summen wurde so intensiv, dass man fürchten musste, das gesamte Ende würde zerbersten.

Ein purpurner Blitz schloss die vierarmige, weißäugige Endermenmenge ein. Als das Licht erlosch, kamen doppelt so viele violettäugige Endermen zum Vorschein.

„Er hat sie alle wieder in Ordnung gebracht." Hamid war überwältigt. „Der Enderdrache hat Herobrines Mutationen rückgängig gemacht."

Ein Endermen nach dem anderen verschwand und teleportierte sich mit seinem typischen Summen fort. Ein Enderman erschien neben Hamid auf dem Balkon.

„Zubon!", rief Hamid. „Du lebst!"

„Schön, dich wiederzusehen, Kumpel", grinste Phisa.

Bones sprang ihm vor die Füße und bellte den Enderman glücklich an.

„Hallo, meine Freunde." Der Enderman summte vor Freude. „Ich danke euch allen für das, was ihr für uns getan habt. Eure Beharrlichkeit hat meinen Clan gerettet." Zubon blickte zum Himmel, der Enderdrache schwebte auf sie zu. „Und noch viel mehr!"

Das Ungeheuer landete sanft auf dem Vorsprung. Die riesige Bestie konnte ihr Gleichgewicht auf dem schmalen Geländer mühelos halten. Mit violetten, hell strahlenden Augen blickte er auf die Freunde hinunter.

„Hier haben wir Herobrines Untaten ungeschehen gemacht", sagte er schlicht. „Aber unsere Arbeit ist noch nicht beendet. Zubon, versammle deinen Clan und halte dich bereit. Ihr wisst, was zu tun ist?"

„Das wissen wir." Zubon nickte und wandte sich an Hamid. „Wir sehen uns bald wieder."

Der Enderman winkte mit seinem langen Arm und verschwand. Der Enderdrache sah Hamid und Phisa an.

„Wir haben noch einiges jenseits dieses Reiches zu tun." Sein Ton wurde jetzt schärfer. „In diesem Augenblick richtet Herobrine unsäglichen Schaden in der wirklichen Welt an. Wir müssen ihn aufhalten."

„Aber wie?", fragte Hamid. „Der Lichtstrahl ist abgeschaltet. Uns fehlt der Seed, um ihn wieder erstrahlen zu lassen."

„Wir brauchen keinen Strahl, Hamid." Der Drache grinste breit.

„Wir haben meine Flügel. Also steigt auf, die Reise beginnt."

Die drei Freunde krabbelten auf den Rücken des Drachen. Wortlos trat der Drache an den Rand des Balkons, breitete seine gewaltigen Flügel aus und erhob sich in den leeren schwarzen Himmel. Je höher sie aufstiegen, desto schneller wurde die Reise. Die leere Schwärze des Himmels raste ihnen immer schneller entgegen, aber der Drache verringerte seine Geschwindigkeit nicht. Bones winselte und vergrub seinen Kopf in den Schuppen des Drachen. Hamid unterdrückte mühsam einen Aufschrei, als sie auf das Dach des Endes zubrausten.

Sie prallten mit Höchstgeschwindigkeit auf das Dach der Welt und explodierten in einem wüsten Durcheinander aus Lärm und Chaos.

Kapitel 21

Herobrine zertrümmerte alles, im wahrsten Sinne des Wortes.

Die blockigen Gebäude vor der North Gray Grundschule waren eingeebnet. Autos waren zerquetscht. Bäume entwurzelt. Eine Spur in der Luft schwebender Blöcke und eingestürzter Häuser markierte den Weg von Herobrines kolossalem Marsch der Zerstörung. Darüber schwebten Ghasts durch den Nachthimmel und warfen Feuerbälle auf alle und alles unter ihnen. Ihre Flammengeschosse krachten in die von Herobrine zerstörten Gebäude und verbreiteten Feuer in den Ruinen. Mittendrin waren überall Zombies, Skelette, Creeper und Endermen. Die Fußsoldaten in Herobrines Armee stellten sicher, dass nichts der in der wirklichen Welt der entfesselten Zerstörung und dem Chaos entkommen konnte.

Jaina und Ant sahen all das in fassungslosem Schweigen mit an. Seitdem sie im Dorf der Hüter gewesen waren, während ihrer gesamten Zeit im

Nether und seit ihrer Rückkehr in die Schule, wo alles begann, hatten sie so hart darum gekämpft, diesen Tag zu verhindern. Alles war umsonst gewesen.

Ein kalter Schauer lief Jaina über den Rücken. Es war vorbei. Sie hatten versagt. Herobrine war aus dem Ende geflohen und rächte sich nun an ihrer Heimatstadt. Es spielte keine Rolle, was noch passieren würde, sie hatten verloren, und Herobrine war der Sieger.

Sie brauchte gar nicht erst zu fragen, um zu wissen, dass Ant genauso dachte. Er stand mit weit aufgerissenen Augen da, als Herobrine seine Botschaft an die Welt verkündete und ihre Stadt als Warnung an alle benutzte, die es wagen würden, ihm den Gehorsam zu verweigern.

Über ihnen kreiste ein halbes Dutzend Hubschrauber, sorgfältig darauf bedacht, den schwebenden Ghasts nicht zu nahe zu kommen. Die Helikopter waren weit und breit das einzige, das nicht in Blöcke verwandelt worden war. Jaina konnte sich nicht erklären, warum sie Herobrines Transformation entgangen waren, aber im Grunde spielte das keine Rolle mehr. Selbst die Militärhubschrauber konnten den Überfall nicht aufhalten. Zwar verschossen sie ihre Raketen auf die Ghasts und den Riesenherobrine, doch die Waffen der wirklichen Welt verwandelten sich schlicht in

Computerspielversionen, sobald sie die Monster trafen und fielen einfach auf den Boden. Mitten durch das Chaos ratterten Hubschrauber von Fernsehsendern näher, um die Zerstörungen einzufangen und der Welt davon zu berichten. Jaina erkannte den Hubschrauber von Kanal 57. Sie hätte gern gehört, was Sheena Raine der Welt zu sagen hatte.

„Ich weiß wirklich nicht, was wir noch tun können", sagte sie.

„Ich glaube, das interessiert auch niemanden mehr", seufzte Ant. „Es ist vorbei. Schlimmer kann es nicht mehr kommen."

Das Loch im Dach leuchtete plötzlich auf. Irgendwo von unten kam purpurfarbenes Licht, als würde ein Signalfeuer in den Himmel geschickt.

Ant ließ sich auf den Boden fallen. „Was ist das jetzt? Noch mehr Enderfreaks, oder was?"

Ein Beben erfasste das Gebäude und ließ den Boden unter ihren Füßen erzittern.

Das violette Licht wurde so hell, dass Jaina geblendet wurde. Aus dem Loch brach etwas Dunkles und Mächtiges heraus. Es schoss wie eine Rakete in den Himmel. Diesem Etwas wuchsen Flügel, und es segelte zwischen den Ghast hindurch und an den Hubschraubern vorbei durch den Nachthimmel.

„Das ist doch …“. Ant blieb die Sprache weg.

„… der Enderdrache“, setzte Jaina den Satz fort.

Die Verheißung des Untergangs aus dem entferntesten Minecraftreich schwebte hoch über der North Gray Elementary.

„Ich habe mich geirrt“, seufzte Ant. „Es geht schlimmer.“

Der Enderdrache flog einen sanften Bogen über der Schule. Jaina dachte gar nicht daran, wegzulaufen. Es hätte ja eh keinen Sinn gehabt. Riesenherobrine, der Himmel voller Ghasts und jetzt auch noch der Enderdrache. Das Spiel war absolut vorbei.

Ein vertrautes Bellen änderte alles. Ant konnte ein kleines, weißes Geschöpf auf dem Rücken des Drachens ausmachen.

„Das ist doch …“. Wieder konnte Ant den Satz nicht beenden.

Dieses Mal blieb auch Jaina sprachlos. Tränen rannen ihr über die blockigen Wangen, als sie den Hund erkannte. Bones bellte aufgeregt, als der Drache über das Schuldach flog. Der Hund freute sich so sehr, Jaina wiederzusehen, dass er fast vom Rücken seines Piloten gesprungen wäre. Doch er wurde von jemandem festgehalten, der ein wahnsinnig glückliches Grinsen im Gesicht hatte.

„Hamid!“ schrie Jaina.

Ant klappte die Kinnlade herunter.

Der Drache stieg wieder höher in den Himmel. Bones bellte weiter, als würde er nie wieder damit aufhören. Für Jaina war das völlig in Ordnung so.

Ant befreite sich von seinem Kloß im Hals. „Okay, entweder der Drache ist auf unserer Seite oder aber Hamid gehört jetzt zu den Bösen, so wie ich damals.“

„Gute Frage.“

Ant folgte der Flugbahn des Drachen. „Wer ist denn das hinter Hamid?“

„Phisa!“, rief Jaina, als sie die legendären Kopfhörer ihres Freundes erkannt hatte. „Damals im Nether hast du mehrfach versucht, ihn umzubringen.“

Ant hustete verlegen. „Erinnere mich daran, mich bei ihm zu entschuldigen, wenn sie gelandet sind.“

„Ich glaube, die haben gar nicht vor, jetzt schon zu landen.“

Der Drache hatte seine Schleife um die Schule beendet und nahm Kurs auf ein paar Ghasts, die gerade dabei waren, fröhlich eine Reihe Häuser in Brand zu setzen.

Aber der Drache hatte seinen eigenen Feueratem. Er brüllte die Ghasts an, spuckte zwei Flammenkegel aus und setzte die riesigen Monster lichterloh in

Brand. Sie krachten brennend und erbärmlich kreischend zu Boden.

Jaina und Ant jubelten.

„Minecraftmonster können wohl nur durch Minecraftwaffen bekämpft werden“, schloss sie, nachdem sie ein wenig nachgedacht hatte. „Deshalb können die Waffen der Armee auch nichts ausrichten.“

„Und wir sind im Besitz der effektivsten Minecraftwaffen.“ Ant stand auf, die Hoffnung war in seinen blockigen Körper zurückgekehrt.

Das würde zwar nicht reichen, Herobrine zu besiegen, doch sie hatten jetzt einen starken Verbündeten. Auch Herobrine war schon auf ihn aufmerksam geworden. Als der Drache einen weiten Bogen zurück einleitete, stampfte Herobrine schon zur Schule. Die zwei Giganten nahmen Kurs aufeinander und verdoppelten ihre Geschwindigkeit.

„Sie sind auf Kollisionskurs“, sagte Jaina.

„Und wir sind mittendrin“, fügte Ant hinzu.

Herobrine stürmte mit riesigen Sätzen durch die Stadt zur Schule zurück. Der Enderdrache legte seine großen Ohren an und segelte im Gleitflug von der entgegengesetzten Richtung auf die North Gray zu. Auf dem Rücken der Bestie hielten sich Hamid, Phisa und Bones verzweifelt aneinander fest und bangten um ihr Leben.

In seiner Wut nahm sich Herobrine eines der letzten noch stehenden Häuser und riss es mit Fundament und Erde einfach aus dem Boden. In seinen Händen wirkte das Haus wie ein Kinderspielzeug. Doch das Spielzeug sollte schnell zur Waffe werden, denn Herobrine schleuderte es dem Enderdrachen entgegen, der gerade seinen Flammenatem ausstoßen wollte. Der gewaltige Brocken aus Erde und Haus flog durch die Luft und krachte in dem Augenblick auf den Drachen, als dieser über die Schule flog.

Der Volltreffer stoppte den Angriff des feuerspeienden Drachen, brachte ihn vom Kurs ab und schüttelte seine Passagiere von seinem Rücken. Hamid, Phisa und Bones donnerten durch das riesige Loch im Dach und waren nicht mehr zu sehen.

Der Enderdrache verlor die Kontrolle über seinen Flug, kippte in eine Abwärtsspirale und schlug auf dem Schulhof auf. Sein enormer Körper schlidderte mit einem entsetzlichen Krachen in die Obsidianmauer, die die Schule umgab. Die gigantische Bestie blieb reglos liegen.

„Wir müssen ihnen helfen." Ant lief zur Treppe, die hinunter in die Schule führte. Jaina folgte ihm, hielt aber plötzlich schlitternd vor der Tür. an. Herobrines Gelächter über ihr erschütterte die ganz Stadt.

„Ihr Dummköpfe!", donnerte er. „Ihr habt doch nicht ernsthaft gedacht, euer Haustier könnte mich aufhalten? Ich bin Herobrine, Herrscher über Minecraft und jetzt Herrscher über die reale Welt."

Die Übertragungshubschrauber näherten sich und fingen mit ihren Fernsehkameras Herobrines grinsende Visage ein, um sie in der ganzen Welt zu verbreiten.

Jainas Körper verkrampfte sich. Herobrine musste endlich aufgehalten werden. Armeehelikopter und normale Waffen waren nutzlos, und auch der Enderdrache war diesem überdimensionalen Tyrannen nicht gewachsen. Die Quelle allen Übels war gerade dabei, die reale Welt und all die Minecraftwelten zu zerstören, die von so vielen Spielern auf dem ganzen Globus geliebt wurden. Das Schicksal aller Welten wurde hier und jetzt entschieden. Nach allem, was Hamid, Ant und ihre Freunde schon unternommen hatten, schien Herobrine noch immer zu gewinnen. Sie benötigten dringend ein Update.

Jaina ließ den Rucksack von ihrer Schulter gleiten und kramte nach dem Gegenstand, den sie brauchte. Sie zog eine kleine, ferngesteuerte Drohne heraus, die beste, die sie in den Regalen von Gadget City hatte finden können. Dann riss sie ein Blatt von dem Notizblock aus der Zubehörabteilung des Ladens und kritzelte eine Nachricht darauf. Einige Sekunden später steuerte sie die Drohne mit der an den Rumpf geklebten Nachricht in die Luft. Jainas letzte verbliebene Hoffnung war, dass die Worte ihre Wirkung nicht verfehlen würden.

Drei Etagen tiefer hastete Ant durch die zertrümmerten Korridore. Die Schule sah aus wie nach einem Grieferangriff. Zerbrochenes Glas lag auf dem Boden. Von den Wänden war nur noch Schutt geblieben. In den Ecken loderten Feuer, und der Rauch ließ einen kaum atmen. Außerdem waren überall Monster.

Skelette, Creeper und Zombies waren nach Herobrines großem Auftritt in die Ruine eingedrungen und suchten auf den Fluren nach Überlebenden. Ant bezweifelte, dass diese Kreaturen die Überlebenden mit Pflastern für ihre Wehwehchen versorgen würden.

Er hatte sich inzwischen unbemerkt bis zum Erdgeschoss durchgeschlagen. Er stieß die Tür zur Kantine auf und schielte in die Dunkelheit. Mondlicht schien vom offenen Himmel hinein. Der Schutt der einst darüber liegenden Etagen verteilte sich auf dem gesamten Fußboden. Ant schlüpfte durch die Tür.

Er kroch langsam in den Raum und suchte unter den Tischen und Trümmern nach seinen Freunden. Er hätte schwören können, dass sie hier gelandet waren. Unter einem Tisch in der Ecke ertönte ein Stöhnen.

Ant lief auf das Geräusch zu und hob den Tisch beiseite. Dort lag sein Freund mit geschlossenen Augen, aber er bewegte sich noch.

„Hamid! Du lebst!" Ants Worte hallten in dem leeren Raum wieder.

Als er seinen Namen hörte, öffnete Hamid die Augen. „Ant?", krächzte er.

„Wie er leibt und lebt, Alter."

Hamid zuckte zurück, als Ant ihm aufhelfen wollte.

„Es ist in Ordnung", sagte er. „Ich bin geheilt. Ich bin kein Schleimsklave mehr, ehrlich."

Hamid sah seinen Freund einen lange Weile an, dann lächelte er.

„Du bist zurück."

„Dank Jaina." Ant half Hamid auf die Füße. „Wir sollten zu ihr gehen."

Hamid blickte auf die blockigen Tische und die Verwüstung um ihn herum. „Sind wir noch in Minecraft?"

„So ungefähr", stöhnte Ant. „Das ist eine lange Geschichte. Herobrine ist immer noch ziemlich groß, während wir noch ziemlich schlecht dastehen."

„Creeper", sagte Hamid.

„Nicht nur Creeper. Zombies, Skelette und mehr. Herobrine hat sich diesmal selbst übertroffen.“

Hamid schüttelte den Kopf und zeigte über Ants Schulter.

„Creeper!“

Ant wirbelte gerade noch rechtzeitig herum, um den grünen Creeper lautlos auf sie zukommen zu sehen, blinkend und bereit zu explodieren.

* * *

Von ihrem Sitz im Hubschrauber von Kanal 57 hatte Sheena Raine die Katastrophe von Anfang an beobachtet. Sie war als Erste an Ort und Stelle gewesen. Sie hatte ihren Chef davon überzeugt, sie live über den Wahnsinn, der sich von der Schule ausbreitete, berichten zu lassen.

Das Chaos hatte inzwischen die ganze Stadt erfasst und in dieses verrückte Computerspiel verwandelt, das ihr Kind so liebte, Minecraft oder so ähnlich. Wie immer es auch hieß, das Spiel war in Raserei ausgeartet. Absonderliche Figuren mit langen Armen hatten alle Menschen verschleppt, die ihnen über den Weg liefen, und nun trampelte dieser Riesentyp mit seinen weißstrahlenden Augen und dem Ziegenbart auf den

Gebäuden der Stadt herum, als wären sie aus Lego. Fernsehstationen auf der ganzen Welt übertrugen live aus ihren Hubschraubern. Dies hier war Sheenas größte Story, und sie durfte sie auf gar keinen Fall vermasseln.

Darum überzeugte sie ihren Piloten Stan, die Drohne näher an sie herankommen zu lassen. Zunächst war er ihr noch ausgewichen, als das Mädchen auf dem Dach die Drohne in die Luft steigen ließ. Aber sie hatte das Kind und ihren Freund beobachtet. Sie sahen zwar gruselig und blockig aus wie alles unten am Boden, machten aber nicht den Eindruck, als wollten sie ihnen schaden.

Liz, die Kamerafrau von Kanal 57, verfolgte die Drohne bei ihrem Anflug. Das Mädchen leitete das kleine Fluggerät durch die offene Tür des Helikopters, wo es mit einem dumpfen Geräusch landete. Sobald die kleine Maschine drinnen war, stoppten ihre rotierenden Blätter. Sheena las die aufgeklebte Nachricht, während das Mädchen auf dem Dach nach oben winkte.

Die Kleine wusste etwas, was niemand sonst ahnte. Das Schicksal von Westlake und dem Rest der Welt würde entweder durch diesen Giganten entschieden, der durch die Stadt tobte, oder durch dieses kleine

Mädchen auf dem Dach. Sheena glättete ihr Haar und checkte ihr Mikrofon.

„Kamera auf mich, bitte!"

Liz schwenkte die Kamera vom Chaos dort unten weg. Sheena blickte direkt durch die Kamera auf Fernsehapparate und Internet-Livestreams in der ganzen Welt. Sie holte tief Luft.

„Minecrafter der Welt! Ich habe eine Nachricht für euch."

Kapitel 22

Der Creeper starrte mit seinen traurigen Augen durch das Küchenfenster.

Hamid kauerte mit Ant unter dem Tisch, an dem das Essen zubereitet wurde. Sie waren in die Küche geflüchtet und hatten sich dort versteckt. Mit etwas Glück würde das Monster sie nicht entdecken und weiterziehen.

Doch sie hatten kein Glück. Der Creeper flackerte wie eine defekte Glühbirne und explodierte. Der in der Nähe stehende Kühlschrank flog in Fetzen und verteilte seinen Inhalt in der Küche. Dicke rote Pampe klatschte an die Fensterscheiben.

„Da geht sie hin, die leckere Pizza Spezial“, sagte Ant. Draußen störte lautes Ghastkreischen die Nachtruhe. Eine Explosion erschütterte die Schulmauern und kündigte weitere Feuerbälle an.

Die Küchentür sprang auf. Zwei dünne Gestalten klapperten durch die Tür. Das unheimliche Paar bewegte sich wie eine einzige Gestalt. Ihre langen

Bögen waren gespannt, die Pfeile zum Abschuss bereit. Es waren Skelette, die Reinigungsmannschaft, die alles wegwischte, was den Angriff der Creeper überlebt hatte. Auf der Suche nach einem Ziel schwenkten sie ihre Bögen durch die Küche.

Ant sank das Herz in die Hose.

„Das ist das Ende“, sagte Hamid. „Wir sind doch nicht so weit gekommen, nur um von zwei lausigen Skeletten in unserer eigenen Schulküche abgemurkst zu werden.“

Die Skelette stellten sich an beiden Enden der Anrichte auf und richteten ihre Bögen direkt auf die beiden Freunde. Ant und Hamid blickten ihren Angreifern in die Augen, bereit, sich ihrem Schicksal zu ergeben.

Die echte Welt würde nie wieder dieselbe sein.

Sie hatten verloren. Herobrine hatte gewonnen.

Der Raum explodierte in blauem Licht. Knochen klapperten, und als das Licht erloschen war, waren die Skelette verschwunden. An ihrer Stelle stand ein rothaariger Dorfbewohner mit einer blauen Kiste auf dem Arm.

„Bano!“, riefen Ant und Hamid gleichzeitig.

Bano blickte auf die beiden Knochenhaufen, die rechts und links neben ihm lagen, und schüttelte den Kopf.

„Jungs, euch in Minecraft zu retten, ist eine Sache, aber euren Hals auch noch in eurer eigenen Welt zu retten, ist echt ein bisschen viel.“ Seine Augenbrauen wackelten verräterisch. „Wir sollten das lieber nicht zur Gewohnheit werden lassen!“

Der Dorfbewohner half Hamid und Ant wieder auf die Beine.

Aus der Cafeteria war aufgeregtes Bellen zu hören. Die Türen sprangen auf, und Bones huschte in die Küche, dicht gefolgt von Phisa.

„Du lebst noch, Hamid!“ Dann bemerkte Phisa Bano und ein breites Lachen breitete sich auf seinem Gesicht aus. „Du bist auch wieder da, alter Freund.“

„Ja, das bin ich.“ Bano justierte die Drehknöpfe des Gerätes. „Die Ingenieure haben die Wiederaufladegeschwindigkeit der Warpmaschine verbessert. Als sie aufgeladen war, habe ich sofort versucht, Hamid zu orten. Aber ich hätte nie gedacht, dass ich jemanden finden könnte, der das Ende schon verlassen hat und es tatsächlich in die wirkliche Welt geschafft hat.“

„Ein alter Freund von dir hat uns sehr dabei geholfen“, sagte Phisa.

Bano hielt seine Nase in die Luft und schnüffelte. „Ich wusste doch, dass ich einen Drachen gerochen habe.“

„Er liegt draußen auf dem Schulhof“, erklärte Ant. „Es sieht aus, als wäre er verletzt.“

Phisa betrachtete Ant misstrauisch. „Und du siehst weniger grün aus, oder?“

„Ja, aber ich muss mich noch bei dir dafür entschuldigen, dass ich versucht habe, dich im Nether in die Luft zu jagen.“ Ant schaute verlegen zu Boden. „Ich bin jetzt nicht mehr infiziert.“

„Wunderbar! Wir können jetzt auch wirklich jede Hilfe gebrauchen“, erwiderte Bano.

Hamid wandte sich an den Dorfbewohner. „Du hast also einen Plan?“

„Keineswegs!“ Bano sah in Hamids erwartungsvolles Gesicht. „Das hier ist eure Welt. Nur du und deine Freunde können sie retten.“

„Was ist mit dem Enderdrachen?“, fragte Ant. „Ich weiß zwar nicht, wie ihr ihn auf eure Seite gezogen habt. Aber kann er nicht gegen Herobrine kämpfen?“

„Nehmt euch vor dem Drachen in Acht“, warnte Bano. „Ich kenne ihn schon, seitdem er ein Küken war. Man kann ihm nicht trauen.“

„Ich weiß, er hat mich selbst schon gewarnt.“ Hamid ging zur Küchentür. „Ich weiß aber auch, dass sein Kampf gegen Herobrine noch nicht zu Ende ist, falls er überhaupt noch lebt.“

Ant stellte sich neben Hamid. „Dann lass uns nach dem Drachen sehen.“

* * *

Erleichtert hatte Jaina beobachtet, wie ihre Drohne in Sheena Raines Hubschrauber gelandet war. Plötzlich aber hatte sie das Gefühl, beobachtet zu werden. Sie drehte sich um und blickte in zwei riesige, strahlend weiße Augen.

Herobrine musste sich tief bücken, bis sein gewaltiger Kopf in Höhe des Daches war. Um seinen Hals hing ein sehr vertrauter Stein an einem einfachen Riemen. Jaina rang nach Luft. Der Seed war auch in ihrer Welt, in der wirklichen Welt. Er wirkte so klein an diesem überdimensionierten Herobrine. Lange Zahlenreihen strömten aus dem Seed in die Luft, bevor sie von dem kolossalen Körper aufgenommen wurden.

„Du bist reichlich sonderbar, Jaina.“ Herobrines Stimme ließ die wenigen noch intakten Fensterscheiben der Schule erzittern. „Deine rührenden Versuche, meinen unvermeidlichen Sieg zu verhindern, sind langsam etwas ermüdend. Ich habe keine Lust mehr auf diese Spielchen, Kleine.“

Herobrine hob seinen gigantischen Arm über das Schuldach und war im Begriff, es einfach zu zertrümmen. „Damit ist jetzt Schluss!"

Etwas Kleines flog durch die Luft auf Herobrine zu, ein sich überschlagender, um sich selbst drehender, blinkender Block. Er explodierte direkt vor seinem Kopf. Der Herr des Chaos wich vor der Detonation zurück. Ein weiterer Block segelte durch die Luft. Jaina erkannte seine verräterischen, rotweißen TNT-Streifen, kurz bevor auch er auf Herobrines Schulter explodierte.

Auf der anderen Straßenseite ertönten Jubelschreie. Herobrine hatte sich zur vollen Größe aufgerichtet und blickte in die Richtung, aus der die TNT-Blöcke gekommen waren. Jaina reckte sich, um über die Straße in die Dunkelheit blicken zu können. Auf dem Dach eines der verbliebenen Gebäude sah sie mehrere blockige Gestalten, die sich um eine TNT-Kanone scharten und sie gerade nachluden. Der Anführer der kleinen Truppe war groß, grün und ihr durchaus vertraut.

„Gumby!", rief Jaina ihrem Freund zu. „Pass auf!"

Gumby hüpfte und winkte herüber, als er ihre Stimme hörte. Jack1225 und CosmicDragon schlossen sich ihm an, während MikeyTyrant neue Munition in ihre TNT-Kanone lud.

Herobrine stapfte über die Straße und beugte sich mit erhobenen Armen über das Haus, um es in Stücke zu zerschlagen. Jaina wurde schwindlig vor Angst. Ihre Freunde hatten nicht die geringste Chance.

* * *

Der Enderdrache lag auf dem aufgemalten Baseballfeld des Schulhofs.

Die riesige Kreatur öffnete vorsichtig ein Auge, als Hamid und die anderen das Feld am äußeren Ende des Schulgeländes erreicht hatten.

„Ich glaube, ich bin zu alt für diesen Kampf." Der Drache lächelte gequält und bleckte seine tödlichen Reißzähne. „Aber wenigstens haben wir beide unsere Abmachung eingehalten."

Hamid legte seinen blockigen Arm auf die Schuppen des Untieres. „Ich habe meinen Teil der Abmachung noch nicht ganz erfüllt. Ich habe dir Freiheit versprochen, die du aber erst haben wirst, wenn Herobrine besiegt ist und du ins Ende zurückgekehrt bist."

Der Drache schnaufte kraftlos durch seine gewaltigen Nüstern.

„Du bist ein Mann, der sein Wort hält, Hamid aus der echten Welt", krächzte er. „Träume ich oder bist du das wirklich, Bano von den Hütern? Bist du extra hergekommen, um mich ein letztes Mal zu verhöhnen?"

Bano trat an den Drachen heran. „Deine alten Augen sehen richtig, aber ich bin in Frieden gekommen. Ich danke dir dafür, dass du meinen Freunden geholfen hast."

„Ich habe nur meinen Teil der Abmachung eingehalten." Das Licht in seinen Augen wurde trüber, aber er blickte Hamid weiterhin an. „Die Zeit des Enderdrachen neigt sich dem Ende zu. Sorgt dafür, dass es nicht allen Welten ebenso ergeht."

Der Drache schloss die Augen und öffnete sie nicht wieder.

Hamid fühlte sich wie betäubt. So oft er Minecraft gespielt hatte, so oft hatte er davon geträumt, den Enderdrachen zu besiegen. Jetzt aber lag das Bossmonster sterbend vor ihm, und er wünschte sich nur, ihn retten zu können.

In der Dunkelheit erstrahlten plötzlich mehrere weiße Augenpaare. Die langen, vierarmigen Endermen von Herobrine hatten sich auf das Baseballfeld teleportiert und nahmen Gestalt an.

In Phisas Hand erschien ein Schwert. „Packen wir's an."

Auch Ant war kampfbereit und hielt seine Waffe in der Hand. Bones grub seine Pfoten in den Boden und knurrte.

Das Spielfeld füllte sich mit weiteren Blockdieben. Herobrines verbliebene mutierte Endermen waren zu ihnen gekommen.

* * *

Sheena Raines Gesicht war überall.

Im ganzen Land, weit weg von Herobrines Zerstörung, erschien das Gesicht der Reporterin auf Bildschirmen in allen Größen, auf riesigen Flachbildschirmen, auf Tablets und Smartphones. Webseiten, Fernsehsender und soziale Netzwerke teilten, verlinkten und liketen die Nachricht von dem kleinen Mädchen auf dem Dach.

„Minecrafter der Welt!“, las Sheena Raine Jainas Nachricht in die Kamera.

„Herobrine gibt es wirklich, und er ist entkommen. Wir brauchen Unterstützung. Alle Minecrafter sollen sich in ihr Spiel einloggen und an unserer Seite kämpfen.“

Kapitel 23

Die vierarmigen Endermen schwirrten näher.

Ant hob sein Schwert.

„Warte“, sagte Hamid. „Die sind nicht wegen uns hier. Sieh dir mal ihre Augen an.“

Alle Monsteraugen um sie herum flackerten in einem atemberaubenden Tempo abwechselnd weiß und violett.

„Kommt zu mir, meine Kinder!“

Die Stimme hinter Hamid war nur noch ein Hauch des früheren Donnerns, aber die Endermen gehorchten. Sie schwebten an Hamid vorbei und drückten ihre langen Arme an die Schuppen des Drachen. Die Monster bedeckten den Enderdrachen vom Schwanz bis zum Maul. Sie schwirrten über ihm, und die Bestie begann zu glühen. Der Drache erstrahlte in purpurnem Licht, das alle Endermen einhüllte. Einen Augenblick später war das Licht verschwunden, und der Drache war von doppelt so vielen Endermen umgeben. Jeder hatte jetzt zwei Arme und violette Augen.

„Großartig", stöhnte Ant. „Jetzt gibt es noch mehr von ihnen. Wir sind verloren."

„Wir sind überhaupt nicht verloren, du Noob." Hamid lachte. „Der Enderdrache hat Herobrines Mutationen rückgängig gemacht."

„Und warum ist das gut?" schnauzte Ant zurück.

„Weil sie mich geheilt haben." Der Enderdrache stand auf und verscheuchte die um ihn herum summenden Endermen. Er breitete seine Schwingen über dem Baseballfeld aus. „Ich bin bereit, wieder zu kämpfen."

„Okay, ich habe mich geirrt", sagte Ant. „Alles ist gut."

* * *

Oben auf dem Schuldach zielte Jaina auf Herobrines Hinterteil.

Der Meister des Chaos hatte ihr den Rücken zugewandt und konzentrierte sich auf die TNT-Kanonen, die ihn von Gumbys Survivalcamp aus belästigten. Jaina schoss einen Pfeil nach dem anderen auf das Hinterteil des Giganten ab. Herobrine nahm das überhaupt nicht zur Kenntnis. Er beugte sich mit seinen riesigen, erhobenen Armen über das zur Festung umgebaute Gebäude, um es in ein blockiges Trümmerfeld zu verwandeln. Doch ein gezielter Schlag blieb aus.

Stattdessen klatschte Herobrine nur wie wild um sich. Jainas Pfeile hatte sich in Dutzende fliegender Geschosse verwandelt, die alle auf den Blöcke zertrümmernden Giganten zielten. Jaina ließ ihren Bogen fallen. Die Pfeile kamen aus allen Richtungen. Wie aus dem Nichts erschienen unter ihr Dutzende blockförmige Gestalten. Der Boden um Herobrine war übersät mit Minecraftfiguren. Unten auf der Straße, direkt neben seinen Füßen, spawnten sie mit zum Kampf erhobenen Schwertern.

„Es hat funktioniert." Jaina konnte wieder leichter atmen. „Sie sind meinem Ruf gefolgt."

In jeder Sekunde loggten sich Spieler auf der ganzen Welt in Minecraft ein und tauchten vor ihrer Schule auf, um sich dem Kampf gegen Herobrine anzuschließen.

So wie Gumby, CosmicDragon und die anderen in diese verblockte Version der wirklichen Welt hineingezogen worden waren, geschah es nun auch mit allen Minecraftern weltweit. Sheena Raine hatte Jainas Hilferuf verbreitet, und die Minecraftcommunity hatte gewaltig reagiert. Die Grenze zwischen

Spiel und Wirklichkeit war jetzt tatsächlich fließend. Eine Armee von Minecraftspielfiguren marschierte durch die Nachbarschaft, erschlug Skelette, zerquetschte Spinnen und verprügelte Zombies. Herobrine jagte die Bogenschützen davon und schaute auf die Schule herab. Seine Augen erhellten die Nacht wie zwei Monde.

„Ist das deine Armee, Jaina?“, fauchte Herobrine. „Sie wird mich nicht besiegen, denn ich bin Herobrine!“ Seine Faust schlug in die Schule wie ein Presslufthammer. Durch den Einschlag stürzte das Dach in sich zusammen. Jaina wurde mitsamt den Trümmern ihrer Schule durch die Luft geschleudert. Alles drehte sich, und der Boden raste immer näher. Wenn der Aufprall sie nicht tötete, würde es die Lawine aus Blöcken tun.

Kurz bevor sie auf den Boden schlug, stieß sie mit etwas Großem zusammen. Eine Schockwelle durchlief ihren Körper, und plötzlich fiel sie nicht mehr, sie flog. Sie sah nur Ants grinsendes Gesicht.

„Hab dich!“, sagte er lachend. „Halt dich fest, das wird ein holpriger Trip.“

Jaina fühlte die kalten und harten Schuppen unter ihr. Sie richtete sich auf, und die Welt um sie herum bekam wieder Konturen. Die Schlacht unter ihnen huschte nur so vorbei. Als sie begann zu begreifen, wo sie sich befand, wäre sie fast abgerutscht. Sie saß mit Ant auf dem Rücken des Enderdrachen.

„Hat der Enderdrache mich aufgefangen?"

„Ja, das hat er." Hamids Gesicht tauchte hinter Ants Schulter auf.

„Was soll ich sagen?", kicherte der Drache. „Ich liebe es, den Tag mit Stil zu retten."

Mit dem nächsten Flügelschlag trug der Drache sie hoch über die Schule. Jaina hielt sich an seinen Schuppen fest.

Von hinter hörte sie Hundegebell. Bones krabbelte aus Hamids Schoß und über Ants Beine, um zu Jaina zu gelangen. Er sprang zu ihr herüber und überhäufte sie mit feuchten Hundeküssen. Er freute sich so sehr, dass er seine Angst vor einem Absturz aus schwindelerregender Höhe vollkommen vergaß. Jaina hielt ihn in liebevoller Umarmung fest.

„Es ist so schön, dich wiederzusehen, Bones." Ihr Herz schlug höher, als der Drache jemals würde fliegen können.

Hamid blickte ungläubig hinunter auf das Meer der Minecraftspieler im Kampf gegen Herobrines Armee aus Zombies und Skeletten.

„Wo sind die nur alle hergekommen?"

„Das ist ganz einfach, Hamid“, erwiderte sie. „Ich habe sie gerufen.“

Weit unter ihnen tobte die Schlacht. Die Minecrafter aus der ganzen Welt hatten den größten Teil von Herobrines Truppen gefällt. Sie rannten die Straßen auf und ab und jagten umherirrende Zombies und Skelette. Herobrine hatte die Schule in einen Trümmerhaufen aus platten Blöcken zerstampft. Er besah sich mit strahlenden Augen sein Werk, während der Drache mit seiner Besatzung auf dem Rücken heranbrauste.

„Wir müssen uns um ihn kümmern, wenn wir Schlimmeres vermeiden wollen“, sagt Hamid. „Wir müssen ihn aufhalten, bevor er die ganze Stadt zerstört.“

„Ehrlich gesagt, möchte ich ihn nicht so gern noch einmal angreifen. In dieser Form ist er einfach zu groß für mich“, rief der Enderdrache seinen Passagieren über die Schulter zu.

„Flieg uns knapp über diese Häuser dort!“, bat Jaina ihn. Zu Ant gewandt sagte sie: „Ich habe einen Job für dich.“

Kapitel 24

Während der Drache in einer scharfen Kurve beidrehte, redete Jaina hastig auf Ant ein.

Herobrine lachte, als er sah, wie der Drache sich zurückzog.

„Du tust gut daran, dich zurückzuziehen, du Dummkopf!“

Er nahm eine Handvoll heruntergefallener Blöcke und warf sie dem Drachen hinterher. Sie verfehlten ihn nur knapp. „Das hier ist jetzt meine Welt.“

Hamid sah hilflos zu, wie Herobrine um die Schule herum eine weitere Monsterwelle spawnte. Die Minecrafter auf der Straße wurden von den neuen Monstern, die massenhaft wie aus dem Nichts erschienen, überrascht und umzingelt. Eine Bande Skelette bezog in den Trümmern Stellung und durchlöcherte die überrumpelten Spieler mit ihren Pfeilen. Immer mehr Ghasts tauchten am Himmel auf und erfüllten die Nacht mit ihrem Kreischen. Feuerbälle regneten auf die in Panik geratene Armee herab. Hamid wurde es angst und bange. Die Schlacht hatte sich gewendet. Alle Minecrafter dieser Welt würden nicht ausreichen, um Herobrine zu schlagen, wenn dieser weiter endlos Monster spawnen konnte.

Der Drache bremste mitten in der Luft über einem Haus gegenüber der Schule, das reichlich mitgenommen aussah. Ein grüngesichtiger Minecrafter stand mit ein paar weiteren Gefährten auf dem Dach. Mit offenem Mund starrten sie auf das gewaltigste Monster des gesamten Spiels, das da gerade über ihnen schwebte.

„Gumby!", rief Jaina den Spielern dort unten zu. „Hast du Seile?"

Der grüngesichtige Minecrafter grinste. „Aber sicher. Wie viele brauchst du?"

„Alle, die du hast", mischte Ant sich ein. „Und noch viel mehr!"

Er ließ sich vom Rücken des Drachen gleiten und landete auf dem Dach. Gumby und die anderen halfen ihm auf die Beine und gingen mit ihm ins Survivalcamp.

Der Enderdrache schlug mit seinen Flügeln und stieg mit Hamid und Jaina wieder in die Lüfte.

„Wir müssen uns Herobrine nähern, ohne dass er uns bemerkt", sagte Jaina.

„Das wird schwierig, solange wir auf diesem Riesendrachen reiten.“ Hamid tätschelte die Schuppen der Bestie. „Nimm's mir nicht übel, Kumpel.“

„Schon gut“, erwiderte der Drache. „Meine Kinder sind mit Bano und Phisa auf dem Schulhof. Vielleicht können sie uns helfen.“

Hamid sah den Hoffnungsschimmer in Jainas Augen.

„Das könnte klappen“, sagte sie. „Also gut, Steuermann Drache, wir nehmen Kurs auf Herobrines feistes Riesengesicht!“

Der Drache beförderte sie gerade so hoch über Herobrine, dass sie außerhalb seiner gefährlichen Fäuste blieben.

„Sehr klug, außerhalb meiner Reichweite zu bleiben.“ Der Herr des Chaos lachte, während der Drache über ihm schwebte. „Aber es wird dir nichts nützen. Diese Stadt gehört mir und die ganze Welt wird bald folgen. Euer Untergang ist besiegelt.“

Zu seinen Füßen spawnten unaufhörlich neue Monster. Die Minecraftspieler bemühten sich verzweifelt, die endlos neu erscheinenden Spinnen und Zombies zu bekämpfen. Herobrine war zu mächtig, um ihn auf diese Art besiegen zu können. Von ihrem Sitz auf dem Rücken des Drachen konnte Jaina einen flüchtigen Blick auf den Seed werfen, der um Herobrines Hals hing.

„Jetzt!“, rief sie dem Drachen zu.

„Dein Wunsch ist mir Befehl, Jaina.“ Die Augen des Drachen loderten purpurfarben auf.

Tief unter ihnen erschienen die Endermen neben den kämpfenden Minecraftern. Zuerst dachten die geschockten Spieler, ihre Probleme hätten sich verdoppelt. Doch die langen Arme der Endermen griffen nicht nach ihnen. Stattdessen schnappten sie sich die Skelette, Zombies und Creeper. Violette Blitze sprühten durch die Straße und auf dem Schulgelände, als die Endermen mit Herobrines Monstern zurück ins Ende verschwanden. Der Herr des Chaos brüllte vor Wut. Jaina richtete sich auf.

„Das ist unser Einsatz!“

Sie sprang vom Rücken des Enderdrachen. Bones folgte ihr mit lautem Bellen. Hamid holte tief Luft. Hoffentlich wusste seine Freundin, was sie tat. Dann stürzte er sich ebenfalls in die Tiefe.

Er krachte in Herobrines linke Schulter. Bones kläffte böse und grub seine Krallen in die andere Schulter.

Herobrine schlug heftig nach ihnen, sodass Jaina, die an seinem rechten Arm hing, wild hin und her schaukelte. Hamid entdeckte Ant, der durch die Menge lief und den Minecraftspielern etwas zurief. Da sie nicht mehr gegen Zombies kämpfen mussten, konnten sie ihre Aufmerksamkeit dem gigantischen Herobrine zuwenden, der sich drohend über ihnen erhob. In diesem Augenblick flog das Ende eines langen Seils vom Boden hoch und wickelte sich um Herobrines linken Arm.

„Gutes Timing!“

Hamid robbte Herobrines Schulter herunter und ergriff das Seilende. Kaum hatte er es zu einer Schlinge verknotet, schnellte ein zweites Tau um Herobrines Ellbogen. Hamid krabbelte den Arm entlang und schnappte sich das Seil, bevor es herunterrutschen konnte. Er zog die Schlinge hastig zu. Fast gleichzeitig tat Jaina dasselbe mit dem rechten Arm des Riesen. Gumby und die anderen zogen von unten die Stricke straff.

„Ihr Dummköpfe!“ Der Herr des Chaos lachte schallend. „Diese mickrigen Seilchen sind für mich doch kein Problem.“

„Darum sitzt ja auch mein Hund auf deiner Schulter“, rief Jaina ihm entgegen.

Herobrines weiße Augen sprangen fast aus ihren Höhlen, als er Bones direkt neben seinem Gesicht entdeckte. Der Hund fletschte mit den Zähnen und trieb seine scharfen Reißer in den Riemen um Herobrines Hals. Der Seed fiel ihm von der Brust. Der Koloss versuchte, den fallenden Stein aufzufangen, doch er konnte seine Arme nicht bewegen.

Tief unten zog das Heer der Minecraftspieler, aus aller Welt vernetzt über ihre Computer, Spielkonsolen oder Tablets, gemeinsam an den Seilen um das Monster. Herobrine versuchte, sich dagegen zu stemmen, aber es war zu spät. Der Gigant war der geballten Kraft Hunderter winziger Krieger nicht gewachsen. Wie ein uralter Mammutbaum, der von der Axt eines Holzfällers getroffen wurde, fiel Herobrine um. Die Erde bebte, als der Herr des Chaos auf dem Schulhof aufschlug. Jubel brach unter den Minecraftern aus. Wie Ameisen über eine stehengelassene Geburtstagstorte fielen sie Herobrine her. Er strampelte und schrie, aber ohne den Seed um seinen Hals verließen ihn seine Kräfte schnell.

Gumby stellte kleine Gruppen von Spielern zusammen, die unter dem Kommando von Cosmic, Jack, Emily606 und den anderen die Beine des Kolosses mit den restlichen Tauen festzurrten.

Hoch über ihnen kreisten die Hubschrauber und richteten ihre Kameras auf die Szenerie und die zerstörte Nachbarschaft, um den Sieg in der Welt zu verbreiten.

Jaina löste sich von Herobrines Arm und eilte zu Hamid und Bones, die auf dem Brustkorb des gefallenen Riesen standen.

Mit einem Schlag verstummte die Menge der Spieler.

„Es ist vorbei, Herobrine“, sagte sie.

„Es ist nie vorbei“, fauchte der Herr des Chaos. „Ich werde wieder auferstehen!“

Ant kletterte auf den Riesen und lief zu seinen Freunden.

„Ich schlage vor, wir erledigen ihn hier und jetzt!“ Das Echte Diamantschwert erschien in seiner Hand.

Die Menge raste bei seinen Worten. Je lauter der Jubel wurde, desto weniger konnte sich Jaina an der Gefangennahme Herobrines erfreuen. Nach all diesen Kämpfen wollten sie noch mehr Blut sehen.

Sie entdeckte Phisa und Bano am Rande der Menge. Bano hielt den Seed in seinen Händen. Er musste ihn aufgefangen haben, als er von Herobrines Hals gefallen war. Jaina wurde ruhiger, als sie Banos Blick traf. Der Anblick des Seeds, der endlich wieder sicher in den Händen des rothaarigen Dorfbewohners war, fegte all ihre Zweifel fort.

„Minecrafter!", rief sie in die Menge. „Ihr seid unserem Kampfaufruf gefolgt, und gemeinsam haben wir Herobrine besiegt. Doch wir sollten uns nicht auf das Niveau dieses Tyrannen begeben. So sehr wir ihn auch hassen, so sehr ist er doch Teil des Spiels, dass wir alle so lieben. Sein Chaos nährt die Monster, die wir jagen, und füllt die von uns geliebten Quests und Minigames mit Inhalt. Ohne Herobrines Chaos wären die Spielwelten fade und langweilig. Heute haben wir Herobrine besiegt, und heute werden wir ihn in sein Gefängnis im Ende zurückschicken. Dort wird er seine Tage gedemütigt und gefangen verbringen, und er wird wissen, dass die Spielwelten nicht von ihm kontrolliert werden. Es sind unsere Welten!" Sie hob ihr Echtes Diamantschwert und hielt es für alle sichtbar in die Höhe. „Herobrine wird für alle Zeiten wissen, dass er nicht Herr über Minecraft ist. Wir sind es!"

Bei Jainas Worten brauste die Menge auf. Jubelrufe ertönten über den Schulhof und die Straße hinunter. Bano trat an Herobrine heran.

„Es ist Zeit." Er hielt dem gefallenen Giganten den Seed entgegen.

Herobrine bäumte sich vergeblich gegen seine Fesseln auf. Die Energie des Seeds in den Händen Banos diente nun nicht mehr Herobrine. Der Seed leuchtete auf, sein Licht hüllte Herobrine ein und explodierte in einem Feuerwerk winziger Leuchtpunkte. Als das Licht verblasste, fanden sich Jaina und die anderen auf dem Boden stehend wieder. Von Herobrine war nichts geblieben.

„Wo ist er hin?“, fragte Ant.

„Zurück ins Ende?“, fragte Hamid.

Bano lächelte. „Ja und nein. Ein Teil von ihm ist ins Ende zurückgekehrt, und wir werden dafür sorgen, dass er von dort nicht wieder fliehen kann.“

„Ein Teil von Herobrine?“ Hamid zog die Augenbrauen hoch. „Wo ist der Rest von ihm?“

„Überall hier.“ Bano sah auf das Meer der kleinen Lichterpunkte, die über der schweigenden Menge schwebten.

„Jedes dieser Lichter ist ein Teil von Herobrine?“ Ant rümpfte die Nase. „Krass.“

Die Lichterpunkte schwebten weiterhin über der Menge. Niemand bewegte sich, als sie immer schneller über ihnen kreisten.

„Wir wissen, dass kein Gefängnis Herobrine für immer festhalten kann“, sagte Bano. „Wie Jaina schon sagte, ist Herobrines Chaos ein wesentlicher Teil von Minecraft. Zuviel von Herobrine in einer Welt kann jedoch gefährlich werden.“

Die Lichter legten sich schließlich alle zeitgleich über die Spieler. Als die Minecrafter von dem Licht getroffen wurden, überzog ein Lächeln ihre Gesichter, als hätten sie endlich die Antwort auf eine längst gestellte Frage erhalten.

„Herobrine in kleinsten Einheiten auf viele Minecraftwelten zu verteilen, wird sicherstellen, dass er nie wieder in der Lage sein wird, sich vollständig zu erneuern", fuhr Bano fort.

„So wird es für ihn unmöglich, jemals wieder zu entkommen", sagte Hamid.

Ein Spieler nach dem anderen verschwand. Wie Lichter, die ausgeschaltet wurden, verschwanden die Minecrafter, die gekommen waren, um das Spiel, das sie liebten, zu retten.

„Was passiert mit ihnen?", wollte Ant wissen. „Wo gehen sie jetzt hin?"

„Sie loggen sich aus Minecraft aus", erklärte Bano. „Jeder von ihnen trägt jetzt einen Funken Herobrine in sich. Seine bösen Ideen werden weiterleben, aber solange wir wachsam sind, wird er nicht noch einmal fliehen."

Jaina betrachtete Gumby, Cosmic und die anderen Freunde aus dem Survivalcamp. Die Lichterpunkte waren in sie eingedrungen. Sie winkten ein letztes Mal und verschwanden einer nach dem anderen.

„Danke“, verabschiedete sich Jaina von ihnen.

Als der letzte Minecrafter weg war, dröhnte eine Stimme von der Obsidianmauer, die die Schule umgab, herunter.

„Ist er weg?“ Der Enderdrache hockte oben auf der Mauer. „Ich fand es besser, mir Herobrines Untergang aus der Ferne anzusehen. Er kann so ein Langweiler sein. Aber im Ende werde ich noch Spaß mit ihm haben. Allerdings gibt es da noch ein paar Sachen, die zurückgegeben werden müssen.“

Die Augen des Drachen funkelten purpur. Eine Sekunde später stand ein Enderman neben Hamid. Ein weiterer erschien neben Jaina. Plötzlich war die ganze Nachbarschaft voll mit Endermen, die sich aus dem Ende teleportiert hatten. Jeder von ihnen trug eine Person auf ihren langen Armen. Die Endermen stellten ihre Fracht ab und verschwanden. Innerhalb weniger Sekunden waren die Straßen voll von zu Statuen erstarrten Menschen.

Der Drache warf einen enormen Schatten auf sie herab, als er die Schule überflog.

„Jetzt, wo Herobrines Gefangene zurückgekehrt sind, wird es Zeit für mich, euch zu verlassen.“ Das Monster drehte noch eine letzte Schleife am Himmel über den Trümmern der Schulbibliothek. „Auf Wiedersehen, Hamid aus der echten Welt, und vielen Dank."

Der Drache legte seine Flügel an den Körper und tauchte an der Stelle, wo einst die Bibliothek gestanden hatte, umgeben von einem Ausbruch violetten Lichts kopfüber in die Tiefe. Traurig winkte Hamid seinem so andersartigen Verbündeten zum Abschied nach.

Bano und Phisa standen neben den drei Freunden. Der Dorfbewohner hielt den Seed fest umklammert in seinen Händen. Bones lief in engem Bogen um sie herum.

„Auch für dich ist es Zeit zu gehen, nicht wahr?" Jaina hatte einen Kloß im Hals.

„So ist es." Bano warf einen Blick auf den Seed. „Wir müssen ihn ins Dorf der Hüter zurückbringen."

Bones flitzte zu Jaina und winselte. Sie nahm den Hund in ihre Arme und knuddelte ihn zärtlich.

„Auf Wiedersehen, mein Freund", flüsterte sie.

„Bano wird als Held zurückkehren." Phisa klopfte dem Dorfbewohner anerkennend auf den Rücken. „Das hat er euch dreien zu verdanken."

„Ich glaube, wir müssen dir noch etwas zurückgeben." Hamid hielt Bano sein Echtes Diamantschwert hin. Ant und Jaina taten es ihm nach.

Der Dorfbewohner schüttelte den Kopf. „Behaltet sie. Ihr habt sie euch verdient." Er lächelte verschmitzt. „Übrigens werdet ihr sie brauchen, wenn ihr uns mal wieder besuchen kommt."

„Euch besuchen?", fragte Hamid. „Wie denn?"

„Ihr werdet es herausfinden", erwiderte Bano. „Also dann, auf Wiedersehen, meine Freunde, und nochmals vielen Dank für alles."

Während er sprach, begann der Seed so hell zu leuchten, dass Hamid seine Augen schließen musste. Als er sie wieder öffnete, waren ihre Freunde weg, und die Welt hatte sich verändert. Die Welt aus Blöcken gab es nicht mehr. Die vertraute Welt mit ihren Rundungen und Krümmungen war zurückgekehrt. Ant und Jaina standen Hamid gegenüber und sahen ihn mit ihren runden, lachenden Gesichtern an.

„Ich habe wieder Hände!" Ant befummelte sein Kinn und seine zottigen Haare. „Ich bin wieder normal, oder? Ist mein umwerfendes Aussehen zurückgekehrt?"

Jaina grinste. „Nein, aber dafür sind deine Pickel größer denn je."

„Die Schule ist auch wieder da", sagte Hamid.

Da stand also ihre normale Backsteinschule an dem Ort, wo noch vor ein paar Augenblicken ein Haufen blockiger Trümmer gelegen hatte. Sie war vollständig unangetastet, jeder einzelne Ziegel war an seinem Platz. Auch die Obsidianmauern, die die Schule eingeschlossen hatten, waren verschwunden. Alle Häuser entlang der Straße waren ebenso wieder normal. In Hamids Kopf schwirrten die Gedanken wild umher, und er versuchte langsam, sie zu sortieren.

„Sagt mir bitte, dass ich das nicht alles nur geträumt habe“, stotterte er.

„Wenn ja, dann haben wir alle den gleichen Traum gehabt.“ Ant blickte auf die Straße. „Die da auch.“

Gegenüber der Schule erwachten die erstarrten Menschen zu neuem Leben. Polizisten und ganz normale Bürger liefen benommen und verwirrt über die Straße.

„Diese Leute haben jetzt einen ganz neuen Grund, Computerspiele zu hassen“, seufzte Jaina.

„Ich sehe noch zwei weitere, die sich dieser Gruppe anschließen werden“, fügte Hamid hinzu.

Sie liefen zum Schuleingang hinüber, wo zwei Erwachsene frisch aufgetaut und reichlich verstört herumstanden.

„Herzlich willkommen zurück, ihr zwei!“, rief Hamid ihnen zu. Rektor Whiner und Mr. Rodinaldo zuckten bei Hamids Begrüßung zusammen.

„Hamid, Jaina, Anthony.“ Rektor Whiner klang so, als würde er versuchen, sich zu erinnern, wer sie waren. Plötzlich ging ihm ein Licht auf. „Ihr lebt!“

„Sie auch“, lachte Hamid.

Die Hände des Rektors suchten behutsam seinen Kopf nach Rundungen ab. „Tatsächlich. Aber wieso?“

„Das würde ich auch gern wissen“, sagte Mr. Rodinaldo.

„Das ist eine lange Geschichte“, antwortete Jaina.

Ihr Gespräch wurde durch das Dröhnen eines Hubschraubers von Kanal 57 über ihnen unterbrochen. Er kreiste über dem leeren Schulhof und landete schließlich mitten auf dem Baseballfeld. Zwei Personen kletterten hinaus. Eine hielt ein Mikrofon in der Hand, die andere hatte eine Kamera auf ihren Schultern. Sie eilten quer über das Spielfeld zu Jaina und den anderen.

„Ist das die Reporterin Sheena Raine?“, fragte Mr. Rodinaldo.

Sheena Raine winkte ihnen zu.

„Ja, das ist sie.“ Jaina winkte zurück. „Sie hat uns geholfen, die Welt zu retten.“

Sheena wies ihre Kamerafrau an, die Aufnahme zu starten.

„Guten Tag, liebe Zuschauer“, sprach sie mit ihrem besten Fernsehlächeln in die Kamera. „Ich stehe hier bei Jaina, Ant und Hamid, den Helden von Minecraft."

„H-Helden von Minecraft?", stammelte Hamid verlegen.

„Woher kennen Sie unsere Namen?", fragte Ant überrascht.

Sheena lachte in die Kamera. „Sind diese Jungen nicht liebenswert? Und so bescheiden." Sie drehte sich zu den drei Freunden um. „Die ganze Welt hat euch dabei beobachtet, wie ihr den Planeten gerettet habt. Ihr habt ganz Großes geleistet. Millionen Zuschauer möchten eure Geschichte hören." Sheena strahlte in die Kamera. „Seid ihr bereit für euer Leben als Minecraft-Superstars?"

Hamids Magen verkrampfte sich. Jainas Mund schnappte nach Luft wie ein Fisch, und Ant stand erstarrt da wie eine von Herobrines Statuen. Alle drei dachten dasselbe.

Das wirkliche Minecraftabenteuer hatte wohl gerade erst begonnen.

Kapitel 25

Das Leben als Minecraft-Superstar war fantastisch.

In den ersten Wochen nach ihrem Sieg über Herobrine traten Hamid, Jaina und Ant im Fernsehen auf, gaben Interviews für Zeitungen und Zeitschriften und erzählten überall im Internet ihre Geschichte. Videos über die letzte Schlacht gegen Herobrine wurden geteilt, zurückgeteilt, geliket und von Fans aus der ganzen Welt neu zusammengestellt. Das sagenhafte Abenteuer wurde als „Battle of the Blocks“ berühmt und die Namen der drei Freunde wurden zu Minecraftlegenden wie der Enderdrache, Steve oder Herobrine selbst.

So viel Spaß es auch gemacht hatte, ein Held zu sein, so erleichtert war Hamid, als der ganze Rummel allmählich abebbte. Es dauerte ungefähr einen Monat, dann widmeten sich die Fernsehsender und Webseiten anderen großen Geschichten und Nachrichten. Die drei Freunde gingen wieder zur Schule und alles war wieder normal geworden. Fast alles jedenfalls.

Die letzte Schulglocke des Tages war gerade erst ertönt, als Ant die Tür zu Rektor Whiners Büro aufstieß, ohne anzuklopfen.

„Hallo W! Der Mincraftclub fängt gleich an. Sie sollten sich beeilen, wenn Sie die erste Runde der Schlacht mitmachen wollen."

Rektor Whiner blickte beim Klang von Anthony Thistles Stimme sofort auf.

„Komme sofort!" Er nahm sein Echtes Diamant-Schaumstoffschwert aus der Halterung im Regal hinter ihm. „Heute werde ich der PvP-König sein!"

Die Bibliothek war rappelvoll, wie jeden Donnerstag, wenn der Minecraftclub zusammentraf. Im überfüllten Computerraum saßen die Schüler auf dem nagelneuen Geschichtsteppich und spielten auf ihren Laptops. Mitten in dem ganzen Gewirr stöpselten Jaina und Mr. Rodinaldo gerade die letzten Kabel in einen ungewöhnlich aussehenden Computer. Drei Echte Diamant-Schaumstoffschwerter steckten seitlich in der Maschine. Ant und Rektor Whiner rauschten durch die Türen der Bibliothek.

„Wir sind da!", verkündete Ant.

„Habt ihr es mitgebracht?", fragte Jaina.

„Hier ist es, Jaina." Mr. Whiner hielt sein Schaumstoffschwert hoch und ging direkt auf den seltsamen

Computer zu. Er ließ die Waffe in die letzte noch leere Halterung des Apparates gleiten, setzte sich an den Rechner neben Hamid und kicherte wie ein Erstklässler.

Niemand war überraschter als Hamid, dass der Rektor nun ein Minecraft-Superfan war. Früher wollte Rektor Whiner das Spiel zerstören, jetzt aber ließ er sein Echtes Diamant-Schaumstoffschwert nicht mehr aus den Augen und sprach nur noch über Minecraft. Wenn er nach seinem plötzlichen Sinneswandel gefragt wurde, antwortete er nur, dass er durch den Diebstahl des Seeds und den Versuch, Minecraft zu zerstören, einige „Lektionen fürs Leben" gelernt habe. Hamid wusste nicht, was das bedeuten sollte, aber solange sie in der Schule Minecraft spielen durften, war er mit der neuen Version des Rektors vollauf zufrieden.

Die Echten Diamantschwerter am Computer begannen, in einem leuchtenden Blau zu glühen.

„Es geht los!" Mr. Whiner wippte in seinem Sitz hin und her, als müsste er dringend zur Toilette.

Das blaue Licht der Schwerter wurde stärker und erfüllte nun gesamten Raum. Als es erlosch, saß Hamid oben auf einem grasbedeckten Hügel. Die Welt um ihn herum war blockig und hell.

Am Fuß des Hügels lag das Dorf der Hüter. Der weiße Quarzturm in der Mitte des Dorfes überragte die Siedlung. In ihm lagerte der Seed sicher und geschützt. Lange Zahlenreihen strömten aus dem Turm in den Himmel und verschwanden als neue Seeds für neue Minecraftwelten. Hamids Herz schlug bei diesem Anblick höher. Er fühlte sich immer gut, wenn er auf den Seedserver zurückkehrte. Ganz in seiner Nähe saß ein rothaariger Dorfbewohner auf einem Grasblock.

„Willkommen zurück, Hamid!" Bano lächelte. „Es ist wohl wieder Donnerstag bei euch."

„Ja, sicher." Hamid setzte sich zu ihm. „Du weißt ja, was das bedeutet."

„Es ist Besuchszeit für die Kinder der North Gray Elementary", kicherte Bano.

Um sie herum spawnten Rektor Whiner, Mr. Rodinaldo und die anderen Schüler auf dem Seedserver. Alle rannten in verschiedene Richtungen, chatteten aufgeregt über ihre Häuser, die es fertigzubauen galt, oder über Höhlen, die sie erforschen wollten.

„Du meinst wohl für die Kinder *und* für die Lehrer", fügte Hamid hinzu.

Jaina und Ant spawnten und gesellten sich zu ihnen ins Gras.

„Willkommen, ihr Minecraft-Superstars!"

„Nicht schon wieder“, stöhnte Jaina. „Nur Ant liebt diese Bezeichnung.“

Ant zuckte mit den Schultern. „Was soll ich sagen? Ich finde, der Name passt zu mir.“

„Die Übertrittmaschine hat also wieder funktioniert, Jaina“, sagte Bano.

Jaina nickte. „Es war eine gute Idee, das WLAN der Schule zur Verstärkung der Energieversorgung für die Echten Diamantschwerter zu nutzen.“

„Jetzt können wir euch so oft besuchen, wie wir möchten“, frohlockte Ant.

„Ich kenne jemanden, der darüber sehr glücklich sein wird“, erklärte Bano. Ein pelziger weißer Kopf tauchte auf dem Hügel auf. „Und da ist er auch schon.“

„Bones!“ Jaina sprang auf. „Jetzt ist alles perfekt.“

Der Hund bellte vor Freude, flitzte quer über den Hügel und sprang in Jainas wartende Arme.

Ihr Lachen drang den Hügel hinunter bis zu den Kindern aus der echten Welt, die auf dem Server spielten, bauten und Neues erfanden.

Hamid saß neben seinen Freunden und blickte den langen Zahlenreihen nach, die aus dem Seed im Herzen des Dorfes in die Höhe strömten. Während sie in den Himmel aufstiegen, konnte er Jaina nur Recht geben.

Jetzt war wirklich alles perfekt.

Über den Autor

Liam O'Donnell ist ein preisgekrönter Autor zahlreicher Bücher für junge Leser.

Außerdem ist er Grundschullehrer in Toronto, Kanada. Wenn er nicht schreibt oder unterrichtet, spielt er am liebsten Minecraft, züchtet Tomaten und wünscht sich ein eigenes Häuschen.